杨庆祥 主编
新坐标

另一个世界的入口

杨庆祥 著

唐伟 刘欣玥 编

江苏凤凰文艺出版社

图书在版编目（CIP）数据

另一个世界的入口 / 杨庆祥著；唐伟，刘欣玥编. —南京：江苏凤凰文艺出版社，2023.9
ISBN 978-7-5594-6393-7

Ⅰ.①另… Ⅱ.①杨… ②唐… ③刘… Ⅲ.①中国文学－当代文学－作品综合集 Ⅳ.①I217.2

中国版本图书馆 CIP 数据核字(2021)第 243025 号

另一个世界的入口

杨庆祥 著　唐伟、刘欣玥 编

出 版 人	张在健
责 任 编 辑	李　黎　项雷达
特 约 编 辑	王　怡　郭　幸
责 任 印 制	刘　巍
出 版 发 行	江苏凤凰文艺出版社
	南京市中央路 165 号，邮编：210009
出版社网址	http://www.jswenyi.com
印　　　刷	苏州市越洋印刷有限公司
开　　　本	880 毫米×1230 毫米　1/32
印　　　张	8.25
字　　　数	200 千字
版　　　次	2023 年 9 月第 1 版
印　　　次	2023 年 9 月第 1 次印刷
标 准 书 号	ISBN 978-7-5594-6393-7
定　　　价	58.00 元

江苏凤凰文艺版图书凡印刷、装订错误，可向出版社调换，联系电话 025-83280257

新时代，新文学，新坐标
杨庆祥

编一套青年世代作家的书系，是这几年我的一个愿望。这里的青年世代，一方面是受到了阿甘本著名的"同时代性"概念的影响，但在另外一方面，却又是非常现实而具体的所指。总体来说，这套"新坐标"书系里的"青年世代"指的是那些在我们的时代创造出了独有的美学景观和艺术形式，并呈现出当下时代精神症候的作家。新坐标者，即新时代、新文学、新经典之涵义也。

这些作家以出生于1970年代、1980年代为主。在最初的遴选中，几位出生于1960年代中后期的作家也曾被列入，后来为了保持整套书系的"一致性"，只好忍痛割爱。至于出生于1990年代的作家，虽然有个别的出色者，但我个人认为整体上的风貌还需要等待一段时间，那就只有等后来的有心人再续学缘。

这些入选的作家都是我们这个时代的新青年。鲁迅在1935年曾编定《新文学大系小说二集》，并写有长篇序言，其目的是彰显"白话小说"的实力，以抵抗流行的通俗文学和守旧的文言文学。我主编这套"新坐标书系"当然不敢媲美前贤，但却又有相似的发愿。出生于1970年代以后的这些作家，年龄长者，已经50多岁，而创作时间较长者，亦有近30年。他们不仅创作了大量风格各异、艺术水平极高的作品，同时，他们的写作行为和写作姿态，也曾成为种种文化现象，在精神美学和社会实践的层面均提供着足够重要的范本。遗憾的是，因为某种阅读和研究的惯性，以及话语模式的滞后，对这些作家的相关研究一直处于一种"初级阶段"。具体来说表现在以下几个方面。第一，单个作家作品的研究比较多，整体性的研究相对少见；第二，具体作品的印象式批评较多，深入的学理研究较少；第三，套用相关的理论模式比较多，具有原创性的理论模式较少；第四，作家作品与社会历史的机械性比对较多，历史的审美的有机性研究较少；第五，为了展开上述有效深入研究的相关史料的搜集、整理和归纳阙失。这最后一点，是最基础的工作，而"新坐标书系"的编纂，正是从这最基础的部分做起，唯有如此一点一点地建设，才能逐渐呈现这"同代人"的面貌。

埃斯卡皮在《文学社会学》里特别强调研究和教学对于文学"经典化"的重要推动。在他看来，如果一部作品在出版 20 年后依然被阅读、研究和传播，这部作品就可以称得上是经典化了——这当然是现代语境中"短时段经典"的标准。但是毫无疑问，大学的教学、相关的硕博论文选题、学科化的知识处理，即使是在全（自）媒体时代依然发挥着不可替代的历史化功能。编纂这部书系的一个初衷，就是希望能够为大学和相关研究机构的从业者提供一个相对全面的选本，使得他们研究的注意力稍微下移，关注更年青世代的写作并对之进行综合性的处理。当然，更迫切的需要，还是原创性理论的创造。"五四一代"借助启蒙和国民性理论，"十七年"文学借助"社会主义新人"理论，"新时期文学"借助"现代化"理论，比较自洽地完成了自我的经典化和历史化。那么，这一代人的写作需要放在何种理论框架里来解释和丰富呢？这是这套书系的一个提问，它召唤着回答——也许这是一个"世纪的问答"。

书系单人单卷，我担任总主编，各卷另设编者。需要特别说明的是，所有的编者都是出生于 1980 年代以后的青年评论家、文学博士。这是我有意为之,从文化的认领来说,我是一个"五四之子",我更热爱和信任青年——即使终有一天他们会将我排斥在外。

书系的体例稍做说明。每卷由五部分组成:第一,代表作品选。所选作品由编者和作者商定,大概来说是展示该作者的写作史,故亦不回避少作。长篇作品一般节选或者存目。第二,评论选。优选同代评论家的评论,也不回避其他代际评论家的优秀之作。但由于篇幅所限,这一部分只能是挂一漏万。第三,创作谈和自述。作家自述创作,以生动形象取胜。第四,访谈。以每一卷的编者与作者的对话为主体,有其他特别好的访谈对话亦收入。第五,创作年表。以翔实为要旨。

编纂这样一套大型书系殊非易事。整个编纂过程得到了各位编者、作者和江苏凤凰文艺出版社的大力支持,尤其是张在健社长和青年编辑李黎老师的大力支持!在此向付出辛苦劳动的各位同代人深表谢意。其中的错讹难免,也恳请读者和相关研究者批评指正。记得当初定下选题后,在人民大学人文楼的二楼会议室召开了第一次编务会,参会的诸君皆英姿勃发,意气风扬。时维夜深,尽欢而散。那一刻,似乎历史就在脚下。接下来繁杂的编务、琐屑的日常、无法捕捉的千头万绪……当虚无的深渊向我们凝视,诸位,"为什么由手写出的这些字/ 竟比这只手更长久,健壮?"生命的造物最后战胜了生命,这真是人类巨大的悖论(irony)呀。

不管如何,工作一直在进行。1949 年,作家路翎在日记中写道:"新的时代要浴着鲜血才能诞生,时间,在艰难地前进着。"而沈从文则自述心迹:"我不向南行,留下在这里,为孩子在新环境中成长。"70 年弹指一挥间,在这套"新坐标书系"即将付梓之际,我又想起苏联作家帕斯捷尔纳克的一首诗《哈姆雷特》:

喧嚷嘈杂之声已然沉寂,
此时此刻踏上生之舞台。

> 倚门倾听远方袅袅余音,
> 从中捕捉这一代的安排。

敢问,什么是我们这一代的安排?

是为序。

2019.2.16 于北京
2020.3.27 再改
2023.7.11 改定

目录

Part 1　作品选　　001

诗歌　　003

于是哭起来　　003

看见一棵树很后悔　　004

我在所有事情中都找不到存在感　　005

春夜独饮不醉　　007

我所能寄望的　　009

世纪之爱　　011

间歇性人类厌倦症　　012

新桃花源记　　014

当我不能爱的时候　　015

敦煌截句（六首）　　016

我现在是落叶和风　　018

时代病　　020

旗手在远途	021
一代人	023
假装有很多人在想念你	024
我想拥有一杆长筒猎枪	025
我本来以为这就是我的一生	027
我已经不能享受这孤独的春夜了吗	029
思无邪	031
不如爱她	033
他在北京的清晨独自醒来	034
我回家的时候你不在	036
世界等于零	038
给一个没有名字的雪人	040
末法时代抒怀	042
少年 Chey 的平常之旅	044
我们各有所属	046
所有的事物都还在	047
清明节我在北京	048
我如果打马过西山	049
饮冰第十一	050
自画像	052
全部都是恐惧	053
怎么谈论自己	055
水象时代来临之前	056

致 058
　　同时代人（节选） 060
随笔 066
　　翻越喜马拉雅 066
　　教师节回信 068
　　从零到零的诗歌曲线 071
　　致平凡：一种形而上的思考 080
　　信"元宇宙"，何所得？ 086
　　黄金时代备忘录 095

Part 2　评论　111

一代人的光影 113

抵抗没有历史的历史——谈杨庆祥的文学批评 130

一场轮回中的对话——读杨庆祥《80后，怎么办？》有感 142

反讽者说：回应"80后，怎么办" 150

我们这个时代的誓言与殉情——读《我选择哭泣和爱你》 158

作为写作伦理的"哭泣"与"爱" 163

重返一个分裂时刻——杨庆祥诗集《世界等于零》读记 171

诗歌作为"零"的创造——杨庆祥《世界等于零》 181

Part 3　创作谈　187

跨越时空的对话——第四届冯牧文学奖答谢词　189

除了写，我们并无他途——第八届鲁迅文学奖获奖感言　193

"四十年家国，如此骄傲如此难过"——一些人生和写作的片段　195

Part 4　访谈　205

"其实我所写不及我所想万分之一"——韩欣桐、杨庆祥对谈　207

Part 5　杨庆祥创作年表　231

Part 1

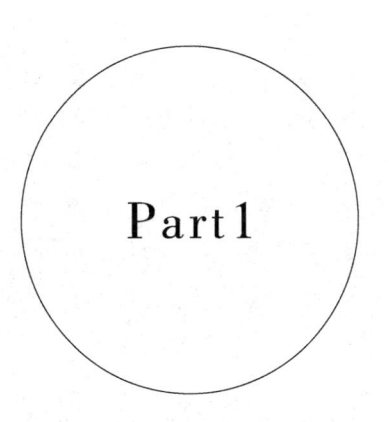

作
品
选

诗　歌

于是哭起来

于是很多人哭起来
很多人很多人
很多人哭我们的爱
很多人不知道为什么要爱

有泪的人真美啊
我有时真想大哭一场
然后心如磐石

把眼泪给了该给的人
就可以死了

2014

看见一棵树很后悔

看见一棵树很后悔
看见一池水也很后悔
当初为什么没有长成
一棵树或一池水呀?

为什么长成了一个人
既不能餐风露宿
又不能被飞鸟带走
还要不停地大声说话
向世界证明自己的生存

其实树木听不见
池水听不见
山河大地更听不见

长成一个人真是件无趣的事啊

2014

我在所有事情中都找不到存在感

第一件事不是吃早餐,而是吻你
食物没有灵魂,你的嘴唇甘美

第二件事不是阅读,还是吻你
文字徒有外形,你的舌头芳香

第三件事不是午眠
第四件事不是散步
也不是工作
也不是在五点钟见友人

最后的事甚至不是晚祷
(菩萨已经厌弃我了吗?)
不是死亡,是好好活着
好好活着好好爱你

我在所有事情中都找不到存在感
除了吻你
我在所有事情中都找不到不朽
除了相爱
除了在泪眼蒙眬的微风中我们相互覆盖

2015

春夜独饮不醉

有多久未听见

甜言蜜语了

有多久未同饮一杯酒

不同饮一江水也很久很久了

青山隔得远

清风隔得更远

有多久未用一个平底锅

煎一只同心的蛋

有多久忘记了甜

就是被秘密咬了一口

明月离得远

明天更在明月外

祖国的山水你还记得多少啊
我脸上的山水你还记得多少

当我一口饮下萧条的春夜
有多少人独自走过多少花独自开放

2015

我所能寄望的

我数过无数的星星
如今它们都躲起来了

夜路也走过
晚照中的灯火闪烁

我偶尔休息
偶尔哭

每一次意外的相逢
比风暴更激动

在失眠中我看到了幻景
又把倦怠融化了可能

我所能消耗的
不过是菩萨的好怜悯

我所能寄望的
不过是君心似我心

2015

世纪之爱

我知道大多数人已经疲惫
但钟声依然长鸣
当我侧耳倾听这尘世回音
天空中飞过一只鸟的阴影

不能说失败了
也不能以众人的名义庆祝成功
好像只能停留在此地
看看云,听听风

2015

间歇性人类厌倦症

我对一片落叶的理解并不比一阵风更多
我对一阵风的理解并不比一个秋天更多

白发和白霜一起降落了
我对万古愁的理解并不比我的先人们更多

多年的老友捎来山核桃,说可以明目补脑
我对山核桃的理解并不比我们的友谊更多

我对陌生的理解不只来自邻居
也来自我年少的心愿渐渐模糊

我对距离的理解并不比一台手机更多
我们面对面,一口一口咬苹果

我突然厌倦人类了

虽然我并不比人类理解得更多

2015

新桃花源记

现在写下的每一个字
都是为了腐朽

现在点亮的每一盏灯
让黑暗更深沉

逃跑的人都回来了
避世者用手机表达着
对人间的兴奋

我们在桃花源里浑水摸鱼

想起寻隐者不遇的故事
该是很久以前了

2015

当我不能爱的时候

当我不能爱的时候
我就坐在水边看山

当我不能爱的时候
我就饮鸩露为甘泉
我就秉昙花以夜游

当我不能爱
我就坐在菩萨的法眼里
我问自己

是不妩媚了吗
还是风尘磨损了深情？

2016

敦煌截句（六首）

1

请把我埋在黄土里
和众人相会
请把我身体里全部的水
留给一位楼兰的少女

2

在大戈壁的烈日下
你可以拾到一块黑曜石
那里面隐约的纹路
是很多条河流爱过你

3

有缘人在石壁上凿佛

有情人在石壁上凿自己

黄沙掩埋了有缘人

黄沙也掩埋了有情人

4

黄沙的心就是佛的心啊

爱你恨你

一粒一粒

5

大西北,我会在夜深时梦你

胡杨、红柳和活命的骆驼草

还有一望无边的黑戈壁

那时大自然无情地完成它自己

6

烽火中的楼阁璀璨

将军宿醉了

蒙面女子反弹琵琶宽衣解带

菩萨菩萨,一起醉生梦死吧

2016 于敦煌

我现在是落叶和风

我受过罪了
现在要变成落叶和风

林中的小兽爱我
天光微亮,山鸟歌唱
露珠璀璨如谜

我和众人握手
我爱他们
美或者不美

如果没有人
我就左手握右手
我就爱菩萨爱自己

我受过罪了
我现在是落叶和风

2016

时代病

清晨,绿色的空气下沙
我啃一枚隔夜的苹果冰凉

躲在牛奶里造梦的人醒来就哭
谁把失眠的肖像刻在了爱人的心上

在早已铺开的宽大餐桌前
空无一人像事先的约定

人们赞美主,咀嚼空洞和剩余
贫瘠的声音穿透了心的坚冰

2016

旗手在远途

黑暗,我怕。
紫色的星辰在乳房
我们浮游过黏稠的天河

虚无,我怕。
漫长的时日坚固着厌倦的云彩
从她五色的唇膏里掉出流浪的雌虫

孤独,我怕。
牛油果的膏体涂满玻璃器皿的纹路
一个早晨总是被守旧的问候击碎

谁比谁更速朽?
被卷走的烟花、地图和幕后的马
我怕再也找不到存在的大旗

当时的月光还在
我的怕不是怕
它是旗手在人间远途

2016

一代人

大地的暗色苔藓在祖国的皮肤上成群绽放
同时代的人们又在酒精的鼓励下咒骂不存在的父亲
我在他们中沉默如阴影

然而,父亲已经死了,母亲正在死去,
我也将紧随其后。尸体在冰凉的晚风中挂在枝头燃烧红色的灯笼。

我睡过的土地,我游过的湖泊,我不能触摸的无形的爱人图谱。
是什么样的悲伤吹动遥远的旗?
是什么样的旗卷走了什么样的风?

盲目的祖国龙为我点亮灯它意欲在祖先的悲风中
痛哭一场
而我们,我们呀——
失去了眼睛的时刻就是失去了敌人和爱人的时刻啊

2016

假装有很多人在想念你

假装有很多人在想念你
假装有很多人不睡
等雪花，把冰之心带给你
还有一副枫叶的手套

假装那是晚上，夜话围炉
森林温柔地呢喃
有很多人假装迷路
为了找到你

假装很多人相遇相爱
很多人找到很多个你
假装他们都哭了
他们许诺不会离开你

2016

我想拥有一杆长筒猎枪

小时候我家里有一杆长筒猎枪
那是父亲用来打兔子的
他偶尔也用来吓唬那些坏人
让他们从我家门前路过时脚步放轻

后来兔子越来越少了
后来坏人越来越多了
有一段时间父亲整夜不睡
他一边擦枪一边喝酒一边打呵欠

他向那些消失了的兔子打了一枪
他向那些汹涌而来的恶霸们打了一枪
他最后一枪穿过我们美丽的村庄和田野
——不知去向

那些随风散去的火药和子弹啊
我真想拥有一杆父亲那样的长筒猎枪

2016

我本来以为这就是我的一生

我曾经踩过雨后的土地
以及土地上的脚印

双生贝躺在细沙里
浪花将它亲吻

我本来准备在上面盖一座房子
隔窗就能听到四季的风

在夜里读读远方的书
又有对岸的钟声把我叫醒

我哭过又擦干泪水
我爱过,在湖水的波心

我本来准备在月光下给你写一封长信
把心思，藏进傍晚的万物黄昏

我本来准备生儿育女，在树下讲故事
生前伺候稻田，死后湖山青青

我本来准备如此，本来以为
——这就是我的一生

2017

我已经不能享受这孤独的春夜了吗

我已经不能享受这孤独的春夜了吗?
晚花开在枝头,不,那也是菩萨的手掌
她现在用这手掌翻出一树新绿了

为什么不能跟随她的盛开驶入暗河?
忘记尘世的年纪。不过是活得忧伤。
以前说过的话,像花朵浮于忘川

我被这沸腾的欲望折磨良久。
不能再立誓、发愿、回梦了吗?
不能再在这苦心里长出崭新的莲子了吗

哪有什么不朽啊——

如果不能在她的掌心立佛

也不能,像猫一样偎在她的膝头
看孤独的春夜渐渐被菩萨收走

2017

思无邪

很多人饱
我用饿爱你

很多人瘦
我用胖爱你

很多人沉睡
我用失眠爱你

很多人笑
我用忧愁爱你

你有一张多么好看的脸
我用一张不好看的脸爱你

很多人成功了
我用失败爱你

夜晚的榴莲清晨的芒果耳旁的清风
枝头的春花秋月碎碎念念

我因为爱你而太过失败我用所有事物的反面
求证我爱的深寒孤绝亲爱的晚上一起吃点好吃的吧

2017

不如爱她

而过经年,那荷叶的腰身为夏风倾倒了
高铁呼啸而过,竟也似一个世纪的乡音

渐蜕了听觉,如夏虫不可语冰,不可。
友人半年不见,第一面提醒脸部丰腴如佛首

几人把我忘记。几人在朋友圈发布厌食的信息
我知道你们不过吃得太饱又无法打嗝

就像历史的空气,风雨阴晴只能咽进隔夜的
茶。没有滋味也得叫声好,听谎言习惯了。

不如爱她。看她深睫毛婉转如海,又回身
轻颦,将口红吐在贝齿。咬。

不如爱她。一夜好眠。荷叶亭亭。

2017

他在北京的清晨独自醒来

他在北京的清晨独自醒来
他想多睡一会。将一个 30 年前的
旧梦做完。

梦的内容是有一天他在北京
独自醒来,他热好了两杯牛奶。
那个清晨只有他一个人。

繁华的北京只有他一个人
北京在那个清晨奇怪地停止了
运行。他号啕大哭。

他提醒自己那只是一个梦,北京
依然是伟大的都城。他再一次在清晨醒来,
再一次,热好两杯牛奶。

他喝完其中一杯,又将另一杯
递给自己。这个时候他突然哭起来
原来他一直都没有醒。

再一次
他恐惧极了
他甚至都不敢哭出声。

2017

我回家的时候你不在

我开会回来。
你不在。
我睡了一会。
你的猫躺在我脚边。
它跟我还不太熟。
我喂了它一块鸡肉。
它是一只不吃鱼的猫。

然后我又要开会去了。
红酒放在桌上。
等你回来打开。
它想你。
它愿意被你饮尽。
我也是。

我忙完就回来。

你也尽快。

北京的秋天就要过去了。

2017

世界等于零

对微微颤抖的尘埃说：我来过
对尘埃上颤抖的光影说：我来过
对光影里那稀薄的看不见的气息说：我来过

每一件衣服都穿过你，来自中原的女郎
你坐在门外等一个黑色的梦把你做完
你手握石榴提醒我戴假发的人来自故乡

与此同时

对比深井还深的眼睛说：我走了
对眼睛里比细雪还细的寒冷说：我走了
对比寒冷的晶体更多一分的冰凌说：我走了

每一句话说出你，舌头卷起告别的秘密

你采一朵星辰的小花插在过去的门前
愿我们墓葬之日犹如新生

我来过又走了
世界等于零。

2017

给一个没有名字的雪人

一转眼，大地的枯发就被蜜雪覆盖了
宝贝，你身下的雪橇散发橘色光芒
一个冷天在你的鼻息里，像马儿打着喷嚏
你把双手插在雪里如路灯把黑暗的一边照亮

星形蝴蝶在你的垂发上，请让我吻它
它是一枚坚硬的信符在你和雪之间
但一年一度的约会如一年一度的探监
我们在这雪花交织的白色丝网里，我们
饮一杯苦茶

没有什么比你更接近造物的秘密。红色便帽
跳跃着火，旗袍灌满了木材的芬芳，你用双腿
引导月色，长长的，冷冷的

然后你用雪组装世界,用尽一个人类的爱心:
眼睛和嘴唇,舌头和牙齿,把往事装入长袜
用你母亲的口红用火上身

再画一个圈。这就是我们的葬身之地。静静地,
用虚幻赔付了实在,滑行的距离总远不过时间。
静静地,你跃入,万物苏醒如初生。

2018

末法时代抒怀

很久以前,我夜行于乡村公路
一群蟋蟀鸣声起伏,没有一只是
我的朋友

我跟随它们来到一处破庙
可怜的外祖父就在此挂单为生
他问我是否愿意在菩萨前上一炷香

他窸窣地拂去炉灰,好像那面无表情
的雕像真是他的至亲。他慈祥极了,
好像风烛残年也是莫大的福分

在溃逃之前,他本来有一张南渡的船票
他也是被蟋蟀引到这残破的小庙,将一支
悲苦的长香,递给他的长孙:

"除了在菩萨面前
没有人配得上你的低头"

那支长香想必还传递在某人之手,那上面
的汗渍想必汇聚成了一条河流
我半生的虚荣浮浮沉沉

我只向菩萨低头。
我满月一样干净的心呀,四十年家国
如此骄傲如此难过

2018

少年 Chey 的平常之旅

走过这个平川
就是湖泊,在湖泊的后面
是一片密林

密林里有很多树,高的和矮的
倒数第三排靠左的第一棵,是一株
北极松

请你在松树上摘下一枚果实。放在口袋里,
如果你的口袋已经磨烂,那就麻烦你一直
握在手里,不要担心出汗。

你可以在密林出口的草坪上稍微坐一会,
将鞋子里的土倒掉。你的眼睛要适应
过于强烈的阳光。

高铁在不远处,飞机也会掠过头顶。
请你像多年前一样,仅仅是眺望它们,
然后继续背道而行。

不用暗自悲伤,也无需兴高采烈。
这样安静地走路,看到黄昏还像传说中一样
坠入深沟。你还拉了它一把。

少年,你可以边走边梦。白菜和青豆各自芬芳,
短头发的女孩在道路的拐弯。她长裙子上
有母国的地图。

请把松果和汗水一起给她。你们笑得满地打滚。
又号啕大哭,为对方抹上五颜六色的泥土。
不要幻想她会成为你的情人。

你们没有义务彼此相爱。
她走得时快时慢,你走得时慢时快。
平川、深湖和高山。星辰、宿雨和飘风。

2018

我们各有所属

你和那么多的人喝酒。我在路上。
你和那么多的人喝酒、吃烧烤、说好玩的笑话。
我还在路上。

那么多的人越来越多。星辰稀少了。
我在路上和野花说说话。

所以归根结底,我看不到你醉酒的欢颜。
你也不知道那些长路有多么喜欢我。

所以我们只能各有所属。

2019

所有的事物都还在

盛满水的宝瓶在去年夏天
姐姐你捎来没有音讯的浮云
后山的树木还是祖父们一起栽的
坟茔上的青草比往常更加碧绿
一只翠鸟,停在永恒的碑上

——所有的事物都还在
原来所有的事物都还在啊。只是
神秘得我们已经无法看见

2019

清明节我在北京

早上起来我把指南针打开
正对着南方跪下
给太奶奶、爷爷、外公外婆
三姑姑、小表姐、严老师
都叩了头

窗外的桃花正盛
一整天我喝了一碗粥

2019，清明节

我如果打马过西山

我如果打马过西山
你不答应。我如果徒步
半路上就有雨。
一站一站的地铁开过
我头戴花冠坐在一群陌生人中。

我如果骑鹤过西山
你吹横笛以复鸣。忠臣和奸臣
都在朝廷的公墓。我照镜子,披发,
在八宝山面壁。

一树一树的野花盛开
一声一声的亡灵低吟

2019

饮冰第十一

在一年中最闷热的几天
你问我是否听到了深夜的雷声

我顺手拔掉一根白头发——
确定你不是在用一个隐喻
和我讨论政治

我努力回忆我在梦中做了什么
那些断头台和经验无关为何反复出现

我造了一个新梦：在那里可以丈量人的高度
——准确性超过了物自体。

那雷声也许是一个提醒，也许不过是
崇高张开了诱惑的嘴唇。

我穿好黑斗篷,我决定行刺黑暗。
在一道白光将守夜人照亮之前。

2019,八大处

自画像

就像人生中的很多时候一样
我没有醒也没有死

我在灯下又美又失败
我笑起来又羞涩又残忍

2021

全部都是恐惧

即使有人寄来
遥远的小马。
挂在脖子上。
被推迟的门外
是一无所获的
冰。

全部都不能说
不能说出。
好像一片树叶
和一片树叶的
谈话
也足以引发
变节。

就这样看到落日也圆。
就这样看到长河
把我们
埋葬。

2021

怎么谈论自己

是的,苦酒。
是的,你饮。
结结巴巴,是的
哎呀,是的。
在说什么呢?

是被说成了不是。
不是。是的。
说什么呢?
苦酒的胃需要幻影呀

是的,都丢失了,
没有了。是的,所以
哎呀……哎呀
谈论什么自己!

2021

水象时代来临之前

月亮的潮汐是
紫色。
你如果可以
——如果可以
请多睡一会
将身体的开关掌握在
自己手里。

已经没有什么东西
——可以把握了。
你是紫色。
在穿过沼泽地时
也偶尔变蓝
你偶尔

想起从手指和手指之间

漏掉的流星

然后

义无反顾

2021

致

我挑了几张照片

感觉都少了光

我写了几句话

感觉也不够真

我想起几个朋友

他们有的下落不明

有的浪迹天涯

我读了几页书

不过是谎言大于真理

我冥想祷告

那位神祇不回应

我只好买了一件东西

然后再赎回一件

我在海边

我在床上
我在天阶的第七节
我头戴最黯淡的
末世烟花

2023

同时代人（节选）

一、父亲之死

他生于 1954 年。他决定在新纪元之前死去。
他一直在等。让哀告的信使给他一个口信，
当一个暴雨天来临。

他生于 1954 年。菩萨在他的衣兜里放了一块土。
这是他长生的灯光烛照的暗夜，一个声音突然
响起：活命的人啊……风雨飘摇的长江指南，
他——我的父亲，在长生的烛光里看到了第一个
死亡。

信使如秋叶，她托举着他的命。
他在坍塌屋顶的命。
他吃糠咽菜的命。

他在汹涌洪水中随波逐流的命。
——他命如琴弦,如枫叶,如观音泥。
菩萨护佑他的土,那就吞下去,在土里
塑自己的命。

多年后他拒绝吃红薯、土豆和叶状物。这三件
曾是他的恩主,漂流到他的手边和唇边。他在
食物的躯体上刻上自己的名,他把这三件交付于学校、
商店和农贸市场,在胃部痉挛的抽搐中,他大声地问:
谁敢毁我的命?

现在他温柔地跪伏在地母之前,他的善知识,他
温柔地写一封长信,给那位擦肩而过的少女的父亲。
他说,作为一位尊敬的乡绅,应该把心爱的女儿嫁给
最有美貌和耐心的男子。这个男子,前程远大。
我的外公笑了,我的母亲笑了,我的外婆在厨房里
偷偷流泪,我的舅舅们,怒目圆睁。

那份信的真实内容如下:我是贫下中农子弟,师范学校
毕业,能写诗作画,也能插秧种田。

世界变化得比他的心跳还要快:沼气池被塑料垃圾堵死了,
他用一根头发去疏通,那发梢的静电指向 1980 年代的夜晚。

在沼气的灯光划亮黑暗之时,一个时代像害羞的母亲
向他掀起一角头巾。

比心跳更快。比尖叫更快。
他收拾黑板、课本、春天的犁,旋转的耕牛和彩色的粉笔。
他是教师和父亲,他是青年人和族谱的反对者。
他是大家长,分派化肥和种子,同时,也分派姑姑和
他们的未婚夫。他的房子在大宅院的最西边,有泥土和
菩萨混合的芳香。在夏日星空的照耀下,啊,父亲
在新闻广播之后,请倾听我的故事,一枚萤火虫撞进了
青蛙的眼睛。

他不喜欢衰老。在快六十岁的时候爱上摩托车,经常
像疾风一样穿梭在大街中间。他瞧不起很多年轻人,
包括弟弟,甚至包括他最欣赏的长子——
没有收购过棉花和时间的人,也没有开卡车走过
夜路,喝醉后躺在沟里,让蛇爬过额头。
他在微信里吹牛:什么年代也挡不住命硬的人。

这个人,我的父亲,在大雪天追着兔子的足迹跑过
田野,他没有走进外婆家的门,他转身拐进街角的
小理发店。他喜欢那个有点雀斑的洗发小妹。他们
互相欣赏,用方言打情骂俏,然后我们都听到

雪压松枝的断音:

父亲在半夜醒来,嘟哝着问了一句:还没死啊?
那就去参加新纪元的游行吧

二、故乡

在哪里能看到故乡的原貌?
当人们脱离职责,松一口气,在高高的山岗上
将故乡回望。

有一条大河环绕四周。会飞的鱼和会说话的鱼,
有耳朵和尾巴的鱼,会唱离骚的鱼。真理和知识的
鱼。在故乡,他们也是新鲜的鱼,祭祖的鱼,适合
腌制的鱼,可以用来送礼的鱼。
乡亲们放下又收起渔网,他们的船,在渔网中像
一则善念,它救起了多少条命,就证明了多少
永恒。

有一座山在河的西侧。雨后天晴,更多的远山羞涩
如黛影。回答着松树、桃树和竹林。
在被砍伐一空的残阳中,他还自得地拥有着风,
空空的风。给蹒跚而上的老人一阵风吧,就好像

给他一尊棺柩,这风的棺柩,离我们很远了。

情欲如青草,蘑菇和虫鸣顶开白色塑料,
在被污染之前,村姑依靠露水怀孕。在早起的脚印中,
有菩萨的神迹。如今儿子呼救父亲,少女呼救
情人,在一出小型的黄梅戏里,那衰老的状元,
卸下红妆救不了她的李郎。

是的。这漫长的故乡回望。山鬼和女萝互文。
栀子花开,戴在不败的美人发髻。她八十岁了,她的
牙口好得可以咬动夜半的蚕豆。还有太阳花、洗澡花
月季和水仙,它们是姑姑们的最爱,带着花的子宫,
她们远嫁他乡。

然后又回来。笑着哭着。带着孩子和礼物。带着
受苦的心和欢喜的心。在哪里能看到故乡的原貌?
这屈原的故乡,这海子的故乡。
在思考和爱情中,村社的烟火升起。姑姑们,你们
是否后悔,没有留下来嫁给自己的亲人。姑姑们,
缺爱的故乡满目疮痍,你们是否后悔?当情欲的月经
在河水中荡涤,当高高的山岗又竖起祭祀的大旗,
姑姑们,你们是否听到鱼的离骚,树的国风,万古
愁白了头发。

"大地上遍布了这哀伤的故乡啊"。
只有一座小小的山神庙立在姑姑的坟前。
风雨如晦,他们私语窃窃:
在毁灭来临之前,我把血和旗还给你
这神祇的誓言,卑微又坚固。

2016

随　笔

翻越喜马拉雅[①]

　　从中国的首都北京到喜马拉雅山，全程有 7000 多公里。坐特快列车经石家庄、太原、银川、兰州、西宁，一路向西，然后是拉萨，列车在这里止步。接下来要换上汽车，经达孜、墨竹工卡、工布江达、林芝、米林、定日，然后，我们就可以望见珠穆朗玛在天穹下圣洁的面纱了。喜马拉雅，Himalaya，雪的原乡；珠穆朗玛，喜马拉雅的三公主，美丽神秘的女神。

　　如果人间的勇士翻过珠峰，在喜马拉雅的南麓，在菩萨的法眼中，我们会看到一个"唯一百花盛开"的国度，Federal Democratic Republic of Nepal，中文简称为尼泊尔。

　　这是我无数次想象过的旅程。从最世俗繁华的帝国之都，借助现代化的交通工具，最后抵达佛陀诞生之地。这一路上的风景，大概世间的语言都难以穷尽。卡尔维诺在《看不见的城市》里描述过一个在半空中建筑的都市，只是遗憾的是，即使如马可波罗这样的历

[①] 本篇为笔者诗集《我选择哭泣和爱你》英文及尼泊尔文双语版的自序。

险者，也不能在真正的意义上抵达该地。博尔赫斯则对古老的中国情有独钟，他离中国最近的一次，是在日本，据说他找到了一块汉碑，并用手指摩挲着上面的汉字。

对我来说，加德满都就是半空中的城市，巴格马提河和比兴马提河从珠峰导下雪水，那就是神的汗水和泪水。我想象过我是一位衣衫褴褛的托钵僧，在加都，在帕坦，在巴德岗和博克拉，在兄弟姊妹的密语中匍匐开悟，在行脚和祷告中见证生命的本真和神迹的无处不在。

是的，我一直想去一次尼泊尔，但至今没有成行。

现在，非常荣幸的是，我的诗歌先我一步抵达了尼泊尔，并且用的是另一种语言和另一种表达方式。每一个诗人都靠乞讨语言来生存，借助翻译的巧夺天工，我的诗歌获得了新生。

我曾经写过一首短诗，只有四句：

在宇宙的法眼里
菩萨不过是一阵风
我爱你的执念
不过是风中的一道闪电

希望我的诗歌就是风和闪电，能够在陌生的异域遇到有趣的灵魂。感谢每一位读到这些诗的人——

翻越喜马拉雅，在雪的寒气和洁白中，一位中国的诗人用汉语向你们致敬。

2018.7.25

教师节回信

这是一个哲人王的时代还是一个僭主的时代？不管如何，在 AI 全面统治人类之前，哲人王和僭主都需要一位老师。这是事实，其源头，大概可以追溯到伊甸园时期，上帝和蛇，分明是好的老师和不好的老师。

我们会将对"老师"的想象寄托在一些遥远而迷人的时刻：柏拉图的会饮，一群好看的男人和一群好看的女人，一边喝着美酒一边谈论哲学，柏拉图说这是"爱与知"的修道院；或者孔夫子，"春服既成，冠者五六人，童子六七人，浴乎沂，风乎舞雩，咏而归"，子曰："吾与点也！"

记得有几次，或姹紫嫣红，或银装素裹，我在讲台上若有所思，跟学生说，这个时候应该到教室外面去歌之舞之，那才是真正的"教学相长"，不仅是老师和学生的相长，也应该是天地神人的互通有无。但助教即刻提醒，不在规定的时间规定的教室上课，视为严重教学事故，轻则写检讨，重可丢教职。我顿时冷汗涔涔，惶惶然如丧家之犬。

几番发展，几番改造，今天的大学已经不是至圣先师们期待的乐园了。

每一年的九月，看到一群群的学生涌入校园，左边父母，右边行囊，面孔鲜艳而眼神明亮。我都禁不住生出一丝惆怅，要怎样去做，才能让这些可爱的生命不会扭曲？这些干净的心灵不致蒙尘呢？

另外一位先生鲁迅，问，今天我们应该怎样做父亲？父亲是老师的另一个名；他时常失望，失望的时候于是骂娘，要什么乌烟瘴气的鸟导师！

我做导师已近十年，如无差错，估计还得做上个几十年——如果寿命够长的话。有时候不眠，常暗自心惊反复思量：授人以鱼或渔乎？抑或授人以美与德？

古希腊的智者普罗泰格说"德性可教"，第一点意思是人人可通过教育获得德性，第二点意思是如果人人都可以通过教育获得德性，则可能会对德性的本体造成伤害。智者果然是智者，因为不是每一个教育者都是有德性的。

所以，一言以蔽之，要成为一个好的老师、教师或者教育工作者，和成为一个好的人、有德性的人、有智慧的人一样，不过是人之为人的基本向度。今天的症候，不过是我们丢失了基本和起源，而迷失于形式和欲望。我写过一首诗，其中一句是：

"一个商业和网红联盟的国度是没有希望的。"

希望在于我们内心的德性和头顶启蒙的星空，我经常和学生讲，我们需要学习的不是知识，知识会蒙蔽我们，让我们离真正的本源越来越远。我们需要学习的是智慧、爱以及人之为灵长的德性。这三者构成了我们的谱系，是为大海中的珍珠。

我经常记起那惊心动魄的一刻，鲁米枯坐讲堂，一托钵僧破门而入，鲁米抚掌大喜，作苏菲旋转舞，说："今日我在人类中看到主的面容。"佛陀在灵鹫山开坛讲法，举花无言，众人不解，唯有迦叶一笑，佛陀说："涅槃妙法，实相无相，微妙法门，付嘱与摩柯迦叶。"

这是真正的教者与学者，灵魂平等，心心相映。一念既起，妙法四生。

噫，无斯人，吾谁与归？

感谢来信，迟复为歉。祝教师节快乐。

2018.9.6

从零到零的诗歌曲线

零

从零开始,又不断归零。中国的古代哲学,"道生一,一生二,二生三,三生万物"。道是什么?道就是零。在阿拉伯和古希腊的哲学和数学传统中,零是一个更重要的概念,零既是开始,又是倍加,又是无限地大——乃至于无穷。零不是无,零是无限的可能,在某一个看似"无"的地方滋生出无穷尽的可能,这个可能里包括自我、世界、色相和观念。我个人的看法,文学和诗歌,是在原始巫术仪式丧失后,现代社会中的一个"零"。或者说,当"零"被具体化为一个阿拉伯数字序号,而丧失了其哲学内涵后,"零"的重新仪式化被落实到了诗歌里面。所有的诗歌写作都可以说是"从零到零"。从零起始,意思是指诗歌的起源不可确定,到零结束,意思是指诗歌的意义永远无法穷尽。真正的诗歌就在这两个零之间画出一道无法测量的曲线,这个曲线的长度与诗歌的生命力成正比。一个判断是"两点之间直线最短",另外一个判断是"两点之间曲线最长",把这两者综合起来还可以做出一个新的判断:"两点之间诗歌最长"——这并非要矫情地夸大诗歌的作用,实际上从功利主义的角度看,诗歌没有任何作用。借用尼采在《看哪,这个人》里面的说法,任何对"用"的讨论都是一种现代性的鄙陋,而事实是,我们正生活在这种鄙陋中。诗歌越是被征用,它的曲线就越短,它的光焰就越暗淡。"两点之间诗歌最长",它仅仅强调其不可测量性和不可衡量性,它甚至是——"非在"。就像全能者是"非在"但又经常显现一样,诗歌也是这样的,它偶尔显现于一首具体的诗歌或者一个具体的诗人,但从不会因此而失去其根本的不可知性。这是诗歌对日益流行的社会学和历史学的反对,社会学和历史学厘定对象,并采用一种"科学"的方法来进行生理学的剖析,社会学的威权者如布迪厄曾断言"一切都是社会的",并认为"没有任何一种事物不可以进行分析"。这傲慢的启蒙主义式的自信已经被证明不过是一种人类的虚妄,一首具体的诗歌当然可以被分析、讨论和教学,但是作为"曲线"的诗歌却不能,它逃避一切的阐释,因此也拥有无穷的阐释。

一

"一"是什么?我们每天都在说"一",都在使用"一"。中国伟大的诗人屈原有一首著名的诗歌《东皇太一》,写的是祭祀东皇太一神的场景。这个东皇太一,根据学者的考证,应该就是中国星象崇拜中的北极星。屈原的诗歌是这么写的:

吉日兮辰良,穆将愉兮上皇;抚长剑兮玉珥,璆锵鸣兮琳琅。

瑶席兮玉瑱，盍将把兮琼芳；蕙肴蒸兮兰藉，奠桂酒兮椒浆。

扬枹兮拊鼓，疏缓节兮安歌；陈竽瑟兮浩倡。

灵偃蹇兮姣服，芳菲菲兮满堂；五音纷兮繁会，君欣欣兮乐康。

虽然对此诗的解读众说纷纭，但有一点是确定的，这首诗歌更接近于诗歌的"原始性"。在这个原始性里面，我们看到了一个场景，那就是祭祀者（凡人）通过复杂的仪式将自己与东皇太一"合体"，从而生成了一个新的"自我"。这一点正是我要强调的，我们今天通常所言的"自我"，是资本主义兴起后对人的一种界定，这一界定局限在人作为一个物质性的现实存在的个体，而忽略了人在更古老的生活和经验传统中的另外一种定义，那就是人不仅仅是现实的，也是精神的，不仅仅是世俗者，也是超上者。其实在欧洲的启蒙主义传统中，同样强调了人与超上者之间的关系——人只有在与上帝的对话中才可能成就自我，不过后起工业文明的技术主义压抑了这样一种认知，最后变成了马尔库塞所批评的"单向度的人"。我这里想要表达的意思是，"一"就是"自我"，这个自我，超克了"单向度的"完全现实存在意义上的自我，而指的是一种具有复杂的经验维度和历史维度的自我。这么说来，生于1980年代的我这个个体，其自我却并非仅仅由1980年代以来的历史塑造，它同时也受到从零开始的一切人类经验的塑造，在我这样一个个体身上，不仅活着屈原、杜甫、李白、普希金、叶赛宁的经验，同时也继承着人类的"共同基因"，对于后一点，著名的精神分析学家荣格有个精彩的定义，他称之为"集体无意识"。我的诗歌写作，因此不仅仅是在表达一个生活于此时此地的个体的经验，同样也是在传递着作为"一"的自我的共同体经验。几乎所有的诗人都会有这样一种创作的经历：灵感往往从一个"零"的深渊开始，然后我们试图用当下的语言和经验去处理，但在某一个瞬间，我们发现此时此刻的个体并无法完全表达这些经验，而是有一种"上帝之手"在"命令"我们写——这是我经常体验到的"神灵附体"的时刻——在这个时刻，"一"回来了，也就是那个真正的自我在诗歌中重生了。

二

"二"是分裂。虽然"一"是确定存在的。但"二"却是我们基本的生活现实。分裂是从什么时候开始的呢？或许是从庄周所言的混沌之死开始：

> 南海之帝为倏，北海之帝为忽，中央之帝为浑沌。倏与忽时相与遇于浑沌之地，浑沌待之甚善。倏与忽谋报浑沌之德，曰："人皆有七窍，以视、听、食、息，此独无有，尝试凿之。"日凿一窍，七日而浑沌死。

也或许是柏拉图在《会饮》中谈到的那个时代，柏拉图转引苏格拉底的话说，从前有三种人，一种是男人，一种是女人，一种是阴阳人。后来因为他们不敬神，引得天神震怒，于是决定惩罚他们。天神不想灭绝人，于是将这些人都一分为二。柏拉图最后总结说："这一切就在人类本来的性格：我们本来是完整的，对于那种完整的希冀和追求就是所谓爱情。"

维柯在《新科学》中也指出了人类迄今经历的三个时代,天神的时代、英雄的时代和凡人的时代,而所谓凡人的时代,就是人从天神和英雄中剥离出来以后的时代了。

上述的寓言和哲学都在陈述一个事实,相对于最初的完整——也就是零的时代——任何当下都是不完整的、碎片的、无根的。这不仅仅是一个现代主义的事实,也是人类诞生以来的事实,被不断剥离的人类只有借助不同的方式一次次重返那种"完整",爱情是一种方式,诗歌也是一种方式。此时此刻存在的一切都是短暂的、分裂的,包括此时此刻写下的诗歌,首先承认这种分裂,拥抱这种分裂,才有可能获得完整。里尔克在著名的《杜伊诺哀歌》里一再强调这一主题,他说现代人的痛苦在于不敢直接地拥抱当下,这造成了现代人的虚无和盲目。我想说的是,不仅要拥抱当下,更要在一种追求完整的希冀中来拥抱和书写当下。这也是我一直执着的生活智慧和写作理念,我曾经在一次采访中说:

> 大概来说,我所有的诗歌都在维系一种最虚无的个人性和最暴力的总体性之间的一种对峙和对话,这让我的诗歌在美学上呈现为一种暧昧、反讽和哀告。我用这种方式挑战我们这个时代的"假大空"以及一切的精神奴役。在通往真理和自由的道路上,诗歌是我的利刃,伤心伤城,伤人伤己。

时代的假大空和精神奴役正是要阻断我们通向"完整"和"自由"的路,将我们隔绝为一个个虚假的自我,从而阻碍真正的精神实现。诗歌应该打破这种隔绝,在基本的写作伦理上,应该反对如阿兰·巴丢所言的"报告文学式"的写作,从"完整"思考"分裂",而不是从"分裂"思考"分裂"。在一种理想的状态中,它指向的是孔子所言的"与天地合其德"的生命状态,或者如徐梵澄所言的瑜伽状态,"是上帝与自然的合一"。不过这样的上帝和自然,也基本上等同于诗。

三

"三"并非"三",即"三"不是确定的3,而是一个虚数。"三"与万物其实是一个同构的关系。"三"就是万物。我曾经写过一首截句诗,只有两行:

> 万物生长
> 何曾顾及他人的眼光?

如此说来,"三"就是全部世界。艾布拉姆斯从分析科学的角度将文学划分为四大部分:世界、作家、作品、读者,并认为每一组关系代表了一种分析模式。这显然还是技术主义的思维。当我们说"三就是世界"的时候,其实意味着这样一种认知:世界、作家、作品、读者、自我、语言、观念……都同时性地存在于此时此地。这是一种空间性的思维而非一种时间性的思维。从文化的角度看,这更是一种倾向于东方文化的思维而非西方文化的思维。根据瓦尔特·米尼奥罗的观点,在16世纪之前,印加帝国、伊斯兰帝国、中华帝国和欧洲各国同时拥有自己的文化、语言和观念,但是在地理大发现之后，随着欧洲对全球的殖民，欧洲文化成为统治性的文明，并以此建立了文明的等级和优劣。

我不太清楚其他语种的情况，至少在中国现代汉语诗歌的写作中，来自欧洲的文化、观念和经典作家作品一直构成巨大的影响焦虑。现代汉诗已经有100年的历史，这种焦虑好像并没有减少多少。在这种情况下，现代汉诗"习得"的气质一直非常明显，几乎在每一个诗人的背后，都或多或少有着一位或者几位西方诗人的阴影，我想要强调的是，之所以说是"阴影"，恰好就是为了说明这些阴影是"习得"的，而并没有成为前文提及的那个"完整"的自我的一部分。也就是说，这些"阴影"不是一种自我内中生成的产物，而是一个客观的面具化的存在，它外在于我们的文化和我们的心灵。个中的缘由，大概有两点，第一点是中国的诗人还活在一种进化论的世界观中，将欧洲文化和相关的写作视为更高的等级，以"习得"的心态和姿态去创作，并没有真正理解欧洲的文化；第二点是，中国的诗人对自己本土的传统和文化同样了解得不够深入和全面，同时又受制于分裂的现实语境，因此无法在内中构建起有效的文化有机体，去与欧洲文化进行平等对话，以及在此基础上互通有无。荣格曾经指出，如果要摆脱欧洲观念的痼疾，必须借助东方文化，但前提是必须深入理解欧洲观念和文化。同理，任何一个诗人，都必须深入理解本土文化，才有可能平等地接受他者文化，并真正生活在一个"三"的世界中。

出于上述考量，我提出一种"对话诗学"。对话诗学的意思是，在文化上反对一种单一性的霸权主义的文化态度，在诗学上避免一种单一性的陈述,在经验上尊重不同他者之间的差异。施特劳斯在 1940 年代曾经指出"现代重新回到了一种野蛮状态"。这种野蛮其实是单一性造成的野蛮。此时此刻我们似乎有重新堕落一种野蛮状态的危险,世界和自我也因此分裂为更复杂的质素,在这样的语境中,强调"对话诗学"并以此来激活新的创造性力量,让诗歌从敌对的二元论和"直线论"中逃逸出来,成为从"零"到"零"的无穷的曲线,这是我的一个大胆且美丽的设想。借此,我不仅收获诗歌,更重要的是,我可以收获一个智慧整全的人性。

零

最后还必须回到零。在"三"之后,四、五、六……基本上失去了哲学意义,它们充其量不过是"万物"的变体。"零、一、二、三、零"——如果用一个弧线来表示的话,这个顺序又恰好是一个圆,在象形的意义上接近于零,其圆周,则正好是一个曲线而非直线。伽利略在 1641 年给福尔图尼奥·利塞蒂的一封信中说:

> 但我真诚地相信哲学之书是那本永远打开在我们眼前的书;但是他的文字符号有别于我们的字母,所以不是每个人都能读懂:这本书的符号,就是三角形、正方形、圆、球体、圆锥和其他数学图形,它们都最适合于这样一次阅读。

卡尔维诺由此提出疑问说,"圆和球体也许是最高形象"。在伽利略和卡尔维诺看来,宇宙的秩序其实类似于一张字母表,而以"圆和球体"构成了这张字母表的"最高贵的形式"。

"圆= 球体= 零"

这是我由此推导出来的一个公式。在这个公式里,绝对的零就是绝对的圆,也就是绝对的球体,这里有一种"零的绝对性",这一绝对性充满了可能,用数学家理查德·韦伯的话来描述就是:

> 任何数字(包括零本身)加上零,它的大小不会改变。不论多么大的数,只要乘以零,便立刻坍缩至零。而真正的噩梦,是用一个数去除以零。

除以零乘以零,其后果都是坍缩为"虚空"(sunya),但"sunya"并不是"nothing",在"sunya"里是自我归于"一"以后的无限可能性。我曾经写过一首诗歌《世界等于零》,最后几句是:

> 每一句话说出你,舌头卷起告别的秘密
> 你采一朵星辰的小花插在过去的门前
> 愿我们墓葬之日犹如新生
>
> 我来过又走了
> 世界等于零。

世界等于零,也就是说世界重新敞开,并获得了零一样的无穷的生命原力。

2019.10.13,北京

致平凡：一种形而上的思考

1

从历史的角度看，平凡、平凡的人、平凡的人生和生活，这些词和短语所传达的价值和意义，要从 18 世纪启蒙运动以后才得到关注和重视。维柯在他那本著名的《新科学》里，曾经将人类社会的历史区分为三个时代：神的时代、英雄的时代、凡人的时代。维柯那里的凡人，也就是摆脱了神和英雄的控制，可以确认自我并创造属于人的历史的人。启蒙思想家痛感于中世纪的人们在神和君主控制下的不自由和被奴役，怀抱着朴素的愿望去建构和想象普通而正当的人性，这些人性，是自人类诞生以来就该享有的"自然权利"，不过是在历史中被故意蒙蔽和删去。启蒙的意思是"要有光"，这与上帝的创世有异曲同工之妙，这是参与启蒙运动的知识者们的天真和热望，无论是洛克的经验论，还是亚当·斯密的"看不见的手"，还是伏尔泰的"老实人"，他们最终要构建的，是一个不断摆脱枷锁获得自由生命状态的个体。1784 年，德国杂志《柏林周刊》做了一个同题问答：什么是启蒙？大量的读者以及当时一些最重要的知识者都回答了这个问题，其中，以哲学教授康德的回答最为人知晓："启蒙是人类挣脱自我施加的不成熟。这里的不成熟是指人不听从别人的指挥就无法使用自己的理性。"

启蒙运动者的努力有目共睹，在某种意义上，启蒙运动是现代社会的真正开端。在启蒙知识者的乐观想象中，普罗大众一旦接受了启蒙成为真正成熟理性的个体，则大同世界不请自来。但是启蒙主义者太过乐观了，事实是，与现代社会一同到来的，不仅有理性、科学和开明，但同时也有偏执、自我中心和技术狂热。1818年玛丽·雪莱在其著名作品《弗兰肯斯坦》中集中书写这种自我中心和技术狂热带来的恐怖后果：弗兰肯斯坦借助技术的力量，僭越上帝的权力造出了一个似人非人的生物，这个生物没有成为理想中的"新人"，而是变成了怪物，不停地向弗兰肯斯坦索取，把他折磨得家破人亡，在生命的最后时刻，弗兰肯斯坦告诫说："从宁静中寻求幸福吧，避免高远的志向，即使看上去纯洁正确的志向，比如在科学和创新领域出人头地之类。"

这个小说的结尾和康德的临终故事传达着相似的含义，据说，在康德弥留之际，他的学生将他的三大本哲学巨著放在他手边，老康德摩挲了半天，说了一句：如果是三个孩子，该多好啊。

无论是玛丽·雪莱还是康德，这些现代智识者都意识到了这样一个事实：被现代召唤出来的人类欲望如果不加以引导和控制，人类将会走上不归之路。出人头地是不道德的诉求，而过普通平凡的人生也许才是正道。

2

  文艺复兴时期对于人的赞美以莎士比亚的《哈姆雷特》为最："人啊，你这宇宙的精华，万物的灵长！"但是这赞美离"人类中心主义"不过一步之遥，而这一步跨过，就覆水难收。《弗兰肯斯坦》里的怪物、泰坦尼克号的沉没、世界大战的惨烈都无法阻挡人类的欲望步伐。理性人变成了并不理性的经济人，看不见的手推动着全球性的开发和掠夺，利润变成了人与人之间最根本的联系纽带。19世纪以来的资本主义以此完成了其根本性的规划：在人与自然的关系上，它鼓励人对自然毫无保留地改造和攫取，并不惜以毁坏生态系统为代价；在人与人的关系上，它鼓励人和人之间残酷的竞争和争夺，并以此分配生产资料和生活资料。正如霍克海默所言："到了最后，一个人几乎每一秒钟都在为某些人的利润而忙碌。"其实这句话应该修正为：一切人都在为利润而忙碌，唯一的区别是利润多还是利润少。

  建立在利润基础上的现代社会由此形成了一种普遍的道德观念，即，成功学道德。在这一道德法则里，只承认胜利者、强者的地位，并根据胜负原则分配实际资本和象征资本。一方面是以物质主义和消费主义来激发现代人的占有欲望，另一方面是将强者恒强、赢者通吃的达尔文进化主义社会化。成功学的道德一言以蔽之，没有最好，只有更好。其典型性的体现就在于现代奥运精神对古代奥运精神的置换：古代奥运自由的狂欢精神被"更高更快更强"的竞争精神所代替。

一个被成功学所覆盖的社会不会认可平凡的意义，也不会承认普通人的价值。它只认可"杰出""优秀""伟大"——总之，它只承认胜利的英雄，而拒绝倾听失败者的辩护。现代人在此唯一的出路就是通过出卖自己的劳动力，为自己在社会利润的结构中占据一个优先位置。维柯和启蒙者所热望的"自由人"只能自由出卖自己的劳动力，并接受市场严格的挑拣和控制。劳动者的自我和劳动本身都趋于异化，劳动不再是一种自主创造的喜悦，而是流水线上的疲于奔命。在卓别林时代，那就是不停旋转螺丝帽的工人；在我们今天的社会，就是996，就是外卖小哥被系统时间锁定，就是孩子从小就被教导要考一百分，要赢在起跑线上，就是四处被贩卖的成功学课程和打了鸡血的营销号；就是"情愿在宝马车里哭也不愿在自行车上笑"……

　　20世纪对这种异化做了最深刻书写的作家是卡夫卡，在他的杰作《变形记》里，普通职员格里高尔变成了一只甲壳虫，他遭到了包括父母亲人在内的所有人的嫌弃，这是一个平凡的普通人在现代社会的真实写照。卡夫卡借此想提醒我们的是：如果我们坚持这种道德秩序和利润原则，我们每个人都将会变成那只甲壳虫。

3

　　晚近以来，"御宅族""丧""佛系"在青年人中成为一种流行的文化，如果抛开这些标签的舆论背景，其实质上要表达的是对现代这种野蛮竞争关系和不道德成功学的厌恶和抵抗。但是如果仅仅局限在消极的逃避中，并不能解决问题，不过是对野蛮状态进行虚无主义的幻觉宽慰,并不能有效挣脱既有的奴役关系。

　　智识者们其实早就意识到了现代社会的这种系统性弊病并试图开出良方。1946年,施特劳斯在给朋友的一封信里说:"您不妨设想一下,由于受到一种偶然的阻扰——现代的野蛮化,我们才不得不重又学习哲学的诸要素。"这一点恰好与心理学家荣格的观点遥相呼应,1930年,荣格在慕尼黑做了一个重要演讲,他有感于现代社会的强力精神对人所造成的伤害和痛苦,以精神治疗师和哲学家的多重身份做出了如下规劝:"有意识见解的偏执以及与之相应的无意识的阴性反应是我们这个时代精神病治疗的重要组成部分,这个时代过分看重有意识的意志,相信'有志者事竟成'……但是一种摧毁人类的道德又有什么用呢?在我看来,使意志与能力协调一致比道德更重要。不惜一切代价的道德是野蛮的标志。"

　　在我看来,荣格提出了平凡最本质的定义,平凡即"使意志与能力协调一致"。平凡并非放弃自我,恰好是,自我的觉知是平凡的前提,只有理性地变成了成熟的人,才能够正确地衡量和评估自己的能力。平凡也并非不思进取,而是对志向有准确的定位,不去盲目狂热地追求世俗意义上的"成功学"。更重要的是,将知识和能力转化为一种人生和生活的智慧,内在觉知和外在世界进行良性互动。要进步,要发展,要更新,但实现这进步、发展和更新的手段不是恶性竞争,目的不是占有更多资源,而是完成一个"善的自我"——用一句话来总结就是,走自己的路,也可以让别人有更多的路可走。在建设性的意义上,平凡是对话,是交流,是努力发掘人性的真善美,并将这一真善美化为社会生活的实践。而一个好的制度安排——正如启蒙文人们曾经设想过的那样——就是能够保证并守护这种平凡的意义和普通人的价值。唯有如此，我们才能从现代性的惯性里走出来，过上一种平凡、自由而审美的生活。施特劳斯希望我们学习哲学的智慧，他指的是古希腊的哲学。而实际上，我们中国的先贤早就给我们描摹过这种生活的愿景，那就是《论语·先进》里面孔夫子所高声赞美的：

> 暮春者，春服既成，冠者五六人，童子六七人，浴乎沂，风乎舞雩，咏而归。

信"元宇宙",何所得?

1

在 1992 年出版的科幻小说《雪崩》里,作者尼尔·斯蒂芬森描述了一个虚拟世界,在此人类通过数字化的方式控制未来的个体生活和社会秩序,这个虚拟世界被称之为"metaverse"——这被认定为"元宇宙"最初的雏形。

在 1999 年上映的《黑客帝国》系列电影中,现实世界被另外一个"世界"控制,现实不过是这一"世界"的设计和算法,这一"世界"被命名为"矩阵"。

2009 年,日本作家村上春树发表了长篇《1Q84》,书中的男女主人公无意进入了与现实世界平行的另外一个时空,这个时空表面上看起来和现实世界完全一致,但是如果抬头观察,会发现月亮似乎变得更小更细,而时间失去了它的精准性,在这个世界里,还生活着现实世界无法看到的"空气蛹"和"小小人"。这个世界,就是 1Q84 的世界。

2020 年，中国当代电影导演徐皓峰的中篇小说《诗眼倦天涯》出版，他借用中国传统武侠历史题材表达了一个与斯皮尔伯格的《异次元骇客》相似的主题——我的所作所为可能是别人的一个梦——"兴亡千古繁华梦，诗眼倦天涯"。

Metaverse、矩阵、1Q84、梦……在 2021 年，它们都有了一个新的命名——元宇宙。或者说，元宇宙以一种后发统摄的优势，将此前的类似概念进行了一种创造性的整合。

由此，2021 年被舆论界和创投圈视作"元宇宙元年"。

2

首先需要厘清一个问题，元宇宙这一概念的具体所指是什么？目前通行的概念可以从技术和文化两个方面进行大致的界定。在技术派看来，元宇宙即一种基于大数据、VR、人工智能（AI）的虚拟数字空间，这一概念源头被追溯到 1992 年的科幻小说《雪崩》，2021 年在纽约证券交易所上市的虚拟游戏 Roblox 被业界称为"元宇宙概念"第一股，这一虚拟游戏的主要价值指向为八大元素：身份、朋友、沉浸感、低延迟、多元化、随时随地、经济系统和文明——如果仅仅从技术和商业的角度看，我们完全可以将"元宇宙"视为互联网的高阶阶段，或许可以命名为"巅峰互联网系统"，以此对应安东尼·吉登斯所谓的"巅峰资本主义"。这一"巅峰互联网系统"在无数的科幻小说和科幻电影里面被想象和书写，但是只有到了今天，借助"硬技术"的发展，它才变成了一种可以落实的"产品"或"商品"。在这个意义上，与 AI 的诞生一样，这是现代技术主义的又一次重大胜利，也许用尤瓦尔·赫拉利在《未来简史》里提出的"数据主义"来描述更为恰当："可以将全人类看作单一的数据处理系统，而每个个人都是里面的一个芯片。这样一来，整部历史的进程就要通过四种方式，提高系统效率：1. 增加处理器数量。2. 增加处理器种类。3. 增加处理器之间的连接。4. 增加现有连接的流通自由度。"如此看来，"元宇宙"正是数据技术在这四个方面获得飞跃和综合的新型产物。虽然在赫拉利《未来简史》出版的 2017 年，元宇宙还没有成为一个"热词"，但是，赫拉利对数据技术的乐观判断依然可以看作关于元宇宙的一个精彩预言："数据主义认为，人类的体验并不神圣，智人并非造物主的巅峰之作，也不是未来智神的前身。人类知识创造万物互联的工具，而万物互联可能从地球这个行星向外扩张，扩展到整个星系，甚至整个宇宙。这个宇宙数据处理系统如同上帝，无所不在、操控一切，而人类注定会并入系统中。"

3

文人们对这种技术理性的乐观抱有天然的警惕——这一警惕性的根基可能来自古老的形而上学传统，也可能混杂着各种异端教义的启示，当然，在最通俗的层面上，我们将其解释为是一种"人本主义"的关怀。但不要忘记，人本主义及其极端形态——人类中心主义不过是启蒙运动的产物，与古老的自然宇宙秩序相比，它的历史并不漫长。但这并不影响文人成为地球上最"顽固不化"的思想物种。他们执着于世俗世界和世俗时代的价值定义，在他们看来，如果一种事物的出现不能激发相关的"社会学想象力"并引爆批判的激情，这一事物就不能称为"有价值的"事物。因此，他们不会简单认同技术派对于元宇宙的界定，那构成了一种限制——不能延展出一种新的社会想象和价值想象。

以"再造社会（空间）"这一维度为思考进路，文人们将元宇宙视作互联网时代的一种乌托邦建构。因此，他们一方面会对元宇宙撬动既有的政治经济秩序抱有（不切实际的）幻想：去中心化的连接可以消解权力的集中，形成散点化的权力结构模式；信息的分享和共享可以克服极端的"利润主义"，形成"互助互利"的经济模式；情感的沉浸和互动则可以消除单原子的个人主义，形成"温暖和谐"的情感模式；甚至，如奥托洛娃所言，数字技术可以成为一种新的神话主体——在这一点上她倒是和赫拉利产生了共鸣。但是，更严重的负面似乎更让文人们焦虑：元宇宙的数字永生会带来伦理困境吗？比如，一个"数字人"的婚姻和一个自然人的婚姻哪一个更合法？如果这个数字人正好是这个自然人的另一个"分身"呢？——在元宇宙里，我们固然不会出现弗罗斯特式的不能同时走进两条"林中路"的烦恼，但新的烦恼也许是，所有可能性的实现或许会导致一种彻底历史虚无和价值虚无。而另外一个不争的事实是，元宇宙看起来并没有摆脱资本主义的规划，据中国新浪财经网2022年2月10日的报道："元宇宙概念的兴起，带火了相关概念的周边行业，而最令人震撼的可能是元宇宙的'炒房热'，在一些元宇宙平台里，一块虚拟土地拍卖出了3200万人民币的天价……不少玩家购买土地的原因都仅仅是为了等待虚拟土地升值。"

如此看来，元宇宙中的"自由"与马克思的经典论断类似：在资本主义占有全部技术和资本的前提下，19世纪的工人只有出卖劳动力的自由，而21世纪元宇宙的新穷人们也只有出卖数字id/ip的自由。

4

也就是说，从目前的种种迹象来看，作为乌托邦或者积极社会变革方案的元宇宙根本就不存在！左派和右派的思想资源都已经被技术化，在这个意义上，赫拉利的批评不无深刻："在未来的几十年，科技会抢走政治的所有风头……传统民主政治正逐渐失去控制，也提不出来有意义的未来愿景。"

在柏拉图的理想国中，哲人应该为王。如此推断，在理想的元宇宙中，也许应该请一位程序师为王？——但是谁又能保证他不是一个现实资本家或者威权者的数字化身！

5

对于普通民众来说，对元宇宙的热情也许既没有那么资本主义化——投资或者获得利润，也没有那么反资本主义化——重建非资本化的空间和主体。对他们来说，元宇宙带来的"即时性快乐"已经可以构成全部意义——这里的问题是，这一"快乐"究竟是什么？

查尔斯·泰勒在《世俗时代》中指出，现代性留给我们的只是一种狭隘的"世俗体验"，这个过程在"缺乏灵性的专家和没有内心的快乐主义者"操纵的官僚体制下达到顶峰。灵性丧失的同时，是全球发展的不均衡，这种不均衡带来了我所谓的"新的劳工阶级、新的剥削、新的剩余价值、新的资本扩张和新的全球殖民主义"（《九十年代断代》，2020年）。根据中国人民大学刘元春教授等人最新的调查研究成果，全球的不平等尤其是收入分配不平等已经成为基本的事实，这包括：全球不平等尤其是收入不平等自1980年代以来加速恶化，比如，美国和欧洲前1%高收入群体收入占全体居民收入的比重从1970年代的8.5%和7.5%持续上升到2018年的19.8%和10.4%；中产阶层空洞化和中产阶层的消失可能是收入分配的新特征，传统的社会安全网和扶贫政策难以防止收入分配的恶化；……税收等再分配手段的调节作用失灵；对高收入群体的征税越来越难；等等。（刘元春等《全球收入不平等的七大事实》，2021年）。

新的世代在这一过程中的"获得感"可能远远低于其"丧失感"，技术对就业岗位的挤压、科层主义对创新的束缚、既有利益获得者对资源的把控、缺乏活力和变革机制的既有政经秩序，诸此种种在最后都落实于阶层的固化和阶级的分化，与此相伴而生的，是身份政治变成了前所未有的桎梏和锁链：新穷人、底层、网络游民、躺平者，这些身份命名无一不是单一性身份政治的变种。

一方面是内心超越性体验的彻底祛魅，一方面是不断加剧的现实困境，在这双重的夹击中，新世代们变成了"丧失大志的一代"——我在此借用了大前研一的说法（《低欲望社会》，2018），但却是在完全中性的立场上来使用，用消费主义来激活年轻人的欲望不过是更加揳入现有的资本秩序，如果是这样，为什么不干脆享受即时性的快乐,即使这一即时性的快乐不过是在虚拟的空间获得——这就是元宇宙快乐原则的秘密,它至少能够在暂时性的意义上让现实世界的"被压迫者和被剥削者"获得一种疗愈,这一疗愈对他们来说就是信仰和救赎——如果是这样,我们能对他们求全责备吗?

于是,布莱希特的"世纪之问"或许可以这么回答:

是的,一个新世界

但是,什么时候?

——就在此时

——就在元宇宙!

6

让我们再回到历史的"关键性时刻"。

1670年,布莱兹·帕斯卡尔说:"我就极为恐惧而又惊讶地看到,我自己竟然是在此处而不是在彼处,因为根本没有任何理由为什么是在此处而不是在彼处,为什么不是在此时而不是在彼时。"帕斯卡尔在这种恐惧和惊讶中说出了那句具有"现代启示录"般的圣谕:"这无限空间的永恒沉默让我恐惧。"在一些学者看来,这既意味着虚无主义的历史渊源,也意味着一种古典自然秩序的坍塌。那个古典的完美的天球秩序瓦解了,在那个秩序里,人被某种超自然的东西所安排,他不仅拥有尘世,还拥有天国,他不仅可以拥有此时此地,也被允诺可以拥有彼时彼地。人可以被视作一个小宇宙,自然被视作大宇宙，在大小之间，俨然存在着某种密道和天梯，人可以在这两个宇宙之间遨游。不过是，在帕斯卡尔的时代，现代性狡黠地发生了，人失去了同时拥有"分身"和"幻影"的可能，人变成了唯一的孤独的现实存在，完全被"抛入"一个可怕的世俗秩序里，完成自己并不壮美的人生——依然是帕斯卡尔所言——"人现在只不过是脆弱的芦苇"。

尼采在一首诗里如此描述这一"被抛"的悲剧：

> 世界——是一扇门
> 通往喑哑而寒冷的无数荒漠！
> 谁若失去了你能失去的
> 就无论如何也停不下来了。

中国当代诗人海子有类似的表述：

> 该得到的尚未得到，
> 该丧失的早已丧失。

一个问题是，元宇宙会是另外一个（人造的）宇宙天球秩序吗？也可以变换一种提问方式：

> 信元宇宙，何所得，何所失？

7

在技术理性和超验体验的交汇点上，在消费主义和低欲望化的临界线上，在"即时快乐"和"永恒轮回"的纠缠中，元宇宙的存在有一种降临的暗示性。即使它目前还停留在观念、想象和低阶社交游戏层面，但是，从积极自由的角度看，它依然意味着人类多样化选择的可能。

第一，体验即时性的感官快乐，哪怕不过是"欢迎来到真实的荒漠"（《黑客帝国》，1999）。

第二，做一名游击队员，以散点的方式瓦解固若金汤的"元宇宙"资本系统。这里的游击队员，不是切·格瓦拉意义上的，也不是卡尔·施密特意义上的，而是艾伦·施瓦茨意义上的："我们应该自由地分享所有的信息，像游击队员一般奋战"（《游击队开放访问宣言》，2008）。

第三，生成一种新的联结方式，将自我解放和全人类的解放和谐统一于新的"智人"主体，那就是真正的"天国近了！天国近了！"——在此时，也在此地！

2022.2.22，北京

"黄金时代" 备忘录（2008—2019）

1

2008年5月19日14时20分左右，他抱着一摞书匆匆下楼去图书馆，刚走到篮球场中央的空地上，突然，空中传来警报声，先是细细的短鸣，然后是呜咽的长鸣，他立即明白这是为一周前"5·12"汶川大地震的遇难者致哀。他停住脚、立正、低头。周围有寥落的几个人也和他一样，这个时间点，同学们要么在教室上课，要么还在宿舍里睡午觉。高大的乌桕树在烈日下懒洋洋地耷拉着叶子，人和人的遭遇是如此不同，那些在汶川大地震中失去生命的人已经从这个世界上消失，一个猝不及防的灾难，一个猝不及防的命运。他想起"5·12"地震刚刚发生之时，网上的信息铺天盖地，他在简陋的博士生宿舍里经受着心灵的巨震，然后反应过来应该做点什么……为了那些受难的同胞？为了可怜而无助的人类？他打电话给几个好友，商量是否要去灾区做志愿者，并开始计划行程。但随后的新闻提醒非专业者不要前去灾区，以免带来更多的不必要的危险。

后来他在一本书里反思了这种冲动，觉得这是一种"希望见证历史现场"的参与渴望——其实不过是历史虚无的反面。[1] 但是在最初的动机里，却好像确实是想做点什么，不是为自己，而是为他人，虽然最后也不过是捐了一点钱——当然那个时候他是个穷学生，每个月的生活补助是 290 元，其他的生活费用都得靠自己用课余时间去挣。

大地震对他来说究竟意味着什么？从现实的层面看，好像什么都没有影响到他，他没有任何朋友、亲人生活在地震灾区。唯一的是，在一次旅行中他和女友认识了另外一对情侣，那几天他们一起结伴游玩，相处得比较愉快。那对小情侣中的女生来自四川，地震发生后，他的女友给那个女孩发了短信问询情况，但一直没有收到回复，也许她果然遭遇了不幸，也许是不想回复一条其实有点陌生的信息。是的，地震对于他，更是一个想象的中介，他感受到的，并非具体的丧失，而是作为人类某一部分的丧失，在 2019 年的一次出国访问中，他认识了日本东京大学的教授石井刚先生，不知为何话题就谈到了大地震，对日本人来说，大地震构成了生命的内在经验，他在石井刚教授的一篇文章中更是读到了一个人文学者如何将经验思考为哲学的方法：

> 如何用语言来叙述或者记录灾难？不，为什么需要用语言来叙述它？危急关头语言还能有何作为？……她感叹的不是在灾难面前不知所措的失语状态，而是灾难带来的人心慌乱和现

---

[1] 杨庆祥：《80 后，怎么办》，北京十月文艺出版社，2015 年。

代传媒体制的虚拟品质导致的语言名实关系的严重失序。……既定秩序突如其来的毁灭出乎意料地给人们敞开了重建语言、重塑"我们"世界的难得机遇。……为了重塑世界，能起到关键性作用的重要触媒乃是与他者的邂逅。但与他者的邂逅又绝非易事。①

是的，汶川大地震让他意识到了一个重要的问题，就是大地震以及与此相关的重大事件所应该带来的"与他者的邂逅"在他生活的语境中并没有发生，或者说，也许发生了一点点，但迅速被遗忘了。

2

2008年年底他没有回安徽老家过春节，理由是要留在学校写博士论文。那个时候他确实在为写论文而努力，但也不至于殚精竭虑。但他看起来确实像一个刻苦攻读的清贫学子：穿着黑色的贝斯手款的短夹克衫、蓝色牛仔裤，无论多么冷的天都拒绝穿秋衣；头发稍微有点长，脸庞瘦削，看起来有点营养不良；会在宿舍楼下抽几根"中南海"，但从来没吞进过肺里；偶尔会出现在三里屯的某家酒吧，他只点一种叫"自由古巴"的鸡尾酒，不是因为好喝，而是因为对切·格瓦拉的一种盲目的少年的热爱。他在格瓦拉逝世的某个周年纪念日写下了一大篇纪念文章，称呼其为"导师、战友和大哥"，文

---

① [日]石井刚：《实践的思想，思想的实践：有关个体生存的追问及"我们"的时代》，收入石井刚《齐物的哲学》，华东师范大学出版社，2016年。

章中充满了臆想的激情和小资产阶级的自恋。他有一个英文名字——Chey，词根即来源于切·格瓦拉。他同时将这种想象转化为实践，在一次反对学校宿管科禁止女生自由进入男生宿舍的事件中，他成了校园 BBS 上最热情的游击队员，他甚至征用了法国五月革命的先例，呼吁抵制这种管理制度。他的热情得到了一位法学院博士生的全方位支持，那位法学博士在他的每一条帖子后面跟上一份法理清晰、论证严密的法理技术帖。事情的后果是，他和那位法学博士都受到了学校相关部门的传唤，但是门禁制度也因此搁置。多年后他走过自己曾经住过的宿舍楼，发现已经门禁森严，不禁为自己当年的勇敢而暗生骄傲。这是因为切·格瓦拉的影响还是因为少年的血气？并不确定。虽然后来在陆续的阅读中读到了越来越丰富复杂的格瓦拉形象，但是他依然选择相信那个他最初热爱的切。他在博士宿舍的书桌前，贴了一张切的海报：戴贝雷帽，眼睛斜睨，嘴里叼着一支香烟。他就在这不驯服的眼神的注视下完成了博士阶段的全部学业。

他现实中的导师是一个温和、宽容、乐观的学者。他们共同商定了他的博士论文选题，他一稿即获得了导师的首肯。但是他总觉得导师是被论文最后一页致谢词打动了，尤其是写给时任女友的几句："我的父母将我托付给你如托付一个孤儿。"——整个致谢词他娴熟地使用了第二人称，以此来加强语感的恳切性和抒情的可信度，他知道即使是答辩委员会的专家们，也大概是从致谢词看起，更不用说他的那些可爱的师弟师妹们。作为一种奖掖和信任，他的导师为他举行了一场隆重的博士论文答辩会，博士论文答辩委员会的常规体例是由 5 位教授组成。他的博士论文答辩则有十几位一线教授到场，以至于答辩会几乎变成了研讨会，他基本上不用回答什么问题，因为教授们已经在各自的逻辑里展开了学术的搏击术。他坐在那里想到的却是另外一个场景：某个下午他和一位顶尖大学的著名教授聊天，暮晚时分目送这位教授离去，突然觉得这位教授的背影如此孤独，孤独得让他不太相信学术能够完成对生命本身的救赎——是从那一刻起，他感受到了一种命运的悖论吗？后来他在电影院看《妖猫传》，最打动他的一句是师父临终前对空海说的话："空海，我穷尽一生也没有得到超脱，你去大唐寻找真正的秘法吧……"

可是真正的秘法在哪里？是文学吗，成为一个诗人？是学术吗，成为一个学者？他记起来在 11 岁的时候——那是 1991 年，社会转型的序幕即将拉开，数代人的迁徙和漂泊即将开始。在那个巨变前难得的平静中，在故乡的大湖边，他问父亲："艾青的诗和普希金的诗，谁教会我们更多？"他的父亲好奇地看了他一眼，回答说："都差不多吧。"这不是他需求的答案，但那个时刻他已经清楚地明白，拥有中师学历的父亲无论从任何一个角度都已经无法提供更多的精神滋养了。红鼻子哥哥的故事一去不返，他必须独自穿过生命的森林。在 2009 年他博士即将毕业之际，他发现自己再一次陷入困惑之中，生命的秘法何在？虽然时代的喧嚣一次次将这个问题覆盖，但又总是在某个时刻涌现出来。

在 2009 年的 7 月和 8 月，他似乎短暂地回到了那个平静的"大湖时刻"，他顺利毕业并顺利就业，成为一名新入职的大学教师，在一栋旧楼里有了一间办公室，他将所有的书都堆在办公室里，阅读，记笔记，写论文，吃食堂，穿运动短裤去操场跑步，将脚搭在桌子上，喝很甜的汽水饮料，夜深出门上厕所发现钥匙放在室内了，然后纵身从门上面的半扇窗户里爬进去……

有一天，一位好友从海边给他带来了一枚小小的海螺，然后坐在他的对面，静静地看着他。等他想说点什么的时候，好友突然起身就走了，他从窗户里望见其身影经过孔夫子的塑像，他打电话，已经是拒接的忙音，自那以后，他们再有没有见过。

也是在那个月底，他的工资卡收到了入职以来的第一笔工资，12000多元，三个月。

3

晚十点，一阵不急不缓的敲门声突然响起，正在看书的他抬起头，侧耳倾听，没错，是有人在敲门。他心中一阵疑惑和激动，难道是有好友要深夜来给他一个意外的惊喜？他匆忙整理了一下发型，然后向客厅走去，推开门，一个高大魁梧的东北大婶站在门口："小伙子，你家门钥匙忘记拔了，你看……"果然，钥匙连着钥匙包一起挂在锁眼上，显然是傍晚进家门时忘记了——这是2011年至2015年他住在京郊日常生活中的一幕。

在他埋头追求知识和真理的那几年，北京的房价以倍数增长，并迅速将绝大部分人变成了"房奴"，他曾经听闻，楼上某系的一位博士生，读书期间醉心于折腾房子，毕业时已经身价千万。关于房子的想象和叙述构成了21世纪初中国最大的创世神话——一房在握就可以傲睨天下。他是这一神话中的一个单词，但是他以极大的冷静观察并思考，他的切肤之痛并不在于"安得广厦千万间，大庇天下寒士俱欢颜"，他没有那么肤浅，他关切的核心是在此重压下精神的萎缩和意志的溃散。事实正是如此，在懵懂地对资本的追逐和拥抱中，不是一代人，而至少是三代人丧失了基本的自由和独立。他诚实地表达自己的这些感受，并不惮于引起误解和非议，他深深地知道，与那些苦苦挣扎却不能发出任何声音的人相比，他其实要幸运得多，他不能愧对这一幸运，"一个痛苦的人有权利尖叫"，他认为阿多诺的这句话在一定程度上是对的。

2011年他沿地铁4号线一直往南，想寻找一个稳定的居所，最后在清源路附近购买了一套两居室。他给自己的理由有如下几个：第一，他需要一个有书架的房间，这样才可以将堆积在办公室的书放好以便阅读；第二，他需要一个能每天洗澡的地方，这样他就不需要经常混迹于学生公共浴室，有几次他在浴室和所教班级男生赤裸相对，场面一度尴尬，据说事后还有男生将QQ签名改成"见过某老师裸体的人"；第三，他认为这里的房价偏低，可以承受还贷的压力，其时该地段均价在1.2万左右，比起三环内动辄5万起确实便宜很多。当然这再一次暴露他文科生的非经济的一面，因为事后证明，三环内均价5万的房子很快就涨到了10万多，而他那个地段直到4年后他卖掉房子的时候也仅仅徘徊在1.8万。

那一段时间他大部分的诗歌写作都是在地铁上完成的，从他的住处到单位，单程通勤70分钟左右，开始的时候他以为可以在地铁上读读书，后来发现并不可行，即使是非高峰时段，地铁上也很少能找到位置，用手机写诗是最合适的方式。他收集了一些地铁安全的常识，并在背包中常年准备了手电筒，他在地铁上见过打架、抢座、乞讨、亲吻、晕倒……那是人世间的各种情态，像一帧帧电影的断片，其中最激烈的形态，是 2014 年 11 月 6 日，33 岁的手机销售员潘小梅在地铁 5 号线惠新西街南口站被卡在列车门和屏蔽门之间，不幸坠入地铁轨道，当场身亡。他并不认识这个小他一岁的年轻母亲，但是他感受到了肉体在钢铁挤压下的巨大疼痛，他写了一首诗歌《潘小梅——给所有地铁上的死魂灵》。那个"大湖之问"再次逼问他，在现实的残酷和暴虐面前，真理究竟意味着什么？多年后他看到伊壁鸠鲁学派著名的"神义论"：如果神能拯救但不想拯救，说明神是坏的；如果神想拯救但不能拯救，说明神是无能的；如果神不想拯救也不能拯救，说明神是又坏又无能的；如果神想拯救又能拯救，那么，请问世间为什么有这么多不幸？

他不能回答这个问题。在最开始的教学中，他恪守着韦伯所强调的职业道德，坚持在课堂上仅仅讲授"客观的知识"，并不带有个人的伦理好恶和道德判断。但是他很快发现了这里面的自相矛盾，缺乏伦理学和道德性的知识更接近真理吗？事实可能相反，不但不能接近真理，甚至在一个高度景观化和仿真化的后媒体时代，连"真相"都无法接近。他意识到那些经典思想者们同样陷入无穷无尽的分裂，韦伯一方面强调职业的伦理，以学术为志业，另外一方面又教导学生应该做一个真正的"政治人"。看似普遍化的知识背后，又何尝不隐藏国籍、民族、性别和阶级的建构？有一段时间他迷恋福柯，试图将一切观念进行权力的图谱离析，学校这一高度现代性的共同体给他提供了绝好的分析样本。他从初中就开始上寄宿制学校，经历过"半监狱式"的管理模式，那个时候只是觉得理所应该，还有点受虐式的激动；后来想起来，这里面的驯化机制是多么的福柯，又是多么的现代。到了2019年，他有一个更深的感受：任何一个维度上的权力都勾结起来了，这些维度包括技术、商业、政治、学术、科层、媒体。

从驯化的制度结构上看，教师构成了其中重要的一部分。他无比警惕这一权力的内在化，因此他与学生保持着一种有效的距离——这距离使得他可以最大限度弱化权力可能产生的歧途。比如他几乎不在私人场合见学生，不干涉学生的任何私生活，也很少和学生做与工作学习之外的交流，当然，他也同样不让学生进入到自己的私人领域——一个现代人必须在最大限度上保持自我的秘密，这样才能得以"精神保全"，这是西美尔在《大都市与精神生活》里面提供的方法论。他确实更喜欢大都市的生活，因为那种陌生性带来了安全感，但是随着人脸识别技术的普及，这一安全感还存在吗？但即使大都市或者由大都市所主导的社会体系提供的安全感越来越稀薄，也不意味着他愿意去人群中寻找团体主义的安全。他几乎不参加任何集团性的活动，东亚的文化结构，从血缘出发，建构了强大的集团性的关联，即使在遭遇现代性强烈冲击后的100年，这种集团性也没有彻底瓦解，反而在不同的管理体系里面得到变形的应用。日本学者丸山真男在讨论日本思想史的时候曾经提出过"自然"和"作为"的二分法，自然即服从既有秩序，作为即以个体意志改变秩序，丸山以为日本人的思想状态一直没有摆脱"自然"的状态，并将其称之为"执拗的低音"。[①] 但是丸山可能没有意识到的是，在古典秩序下服从自然固然使人处于"蒙昧"状态，在现代秩序中"个人作为"如果缺乏伦理的边界，同样会造就野蛮——一种施特劳斯所谓的现代单一性野蛮。他拒绝任何意义上的"野蛮"——野蛮不仅仅是指集中营的杀戮，在更日常的层面，它指向的其实是在"与他者的邂逅"中的"自我失控"，充满占有欲的恶意往往能被意识到，充满侵略性的爱意却往往被冠以美好的含义，在他看来，后者不过是一种媚俗。他试图在历史主义和现实主义的双重层面上拒绝媚俗，这让他在生活中看起来有些不近人情，他尤其讨厌公开的眼泪、曝光的幸福和宣传的成功，而这三者，恰好是这个世纪的口红。

真理如果确实存在的话，它只能是个人的，在一个商业和网红互相献媚的时代，这是多么痛的领悟。

4

2019年7月的暑假，他抽空回了一趟老家，主要是扫墓和看望几位家族的长辈。老家位于皖西南一隅，是安徽、江西和湖北三省的交界处，从合肥驾车，大概有3个小时的路程。他特意叫上父亲陪同，因为他几乎不知道家族墓地的具体位置和那几位还活着的长辈的住处。他们顺利地抵达了家乡，但是发现并不能到坟前跪拜，因为遍野丛生的荆棘和树木将乡间的小路全部填满了，这在十几年

[①] ［日］丸山真男：《日本政治思想史研究》，王中江译，北京三联书店，2000年。

前是不可想象的事情，那时候乡村人口众多，长年缺燃料，听父亲说，连地上的草皮都要挖起来晒干贮备以防不时之需。他们只好遥拜，敷衍了事。他还惦记着去村里的老屋看一眼，却立即被父亲阻止，父亲不停抱怨说太热了，抓紧时间回去吧。很奇怪，父亲似乎非常厌恶乡村，2008年，父亲力排众议在县城买了一套房子，几年后，在他的建议下，父亲将县城的房子卖掉，在合肥置换了一套两居室——这样，父亲"进城"的理想彻底实现，他也少了一些后顾之忧。他有时候能从父亲身上看到一点点高加林的影子，《人生》的结尾，高加林最后回到了高家村，如果现实中的高加林继续生活下去，他最平凡的结局，大概也就是像父亲这一代人一样吧。

那天他们还在县城的一个小巷子里匆忙看望了一位老人——父亲的姑母，他的姑奶奶，已经年近八十，他几乎有近十年没有见过这个老人了，寒暄几句后，老人流着泪蹒跚着送他们一行出了小巷，三个月后，她就辞世了。在回去的高速路上发生了一个小插曲，号称最安全的沃尔沃V6系SUV毫无预警地左后轮爆胎，幸亏驾驶员是军人出身，沉着冷静，又幸好离一处高速服务区不远，没有酿成大的事故。父亲后来心有余悸地自责说："可能是祖先们觉得我们的心不诚啊。"

他当然不会有这种"非现代"的想法，但是他内心的秘密却也没有告诉别人，他回乡扫墓的一个主要动因，是在北京有一晚做了一个梦，梦见早已逝世的祖父牵着他去给更早不幸逝世的姑姑上坟，他从梦中哭醒，感觉到死亡原来其实是他身体的某一部分，只不过是，他在日常的琐碎中将它压抑了。家族和乡土对他来说是无比典型的"侨寓情绪"的投射，他从来没有想过真正回到乡土生活，他这一代人，已经基本上失去了在乡土生存的能力。他也从内心里排斥那种浪漫化或者苦难化的乡土美学，但是不由自主地，在夜深人静的时候，他又常常回想起他曾经生活了十来年的那块地方，具体来说是度过他童年时光的大院落，里面种满了各种花；院落前面的大河，他曾在里面浮游；还有远处群山的倒影，朝霞和夕阳，满天星斗……至于这里面的具体生活的细节，人间的哀乐，他全然不知也毫无兴趣，这是他和父亲的区别。父亲知道这是幻觉，所以坚决地逃离绝不回头；而他，却一直对这一幻觉念念不忘——他有时会陷入他自己的媚俗。

另外一处媚俗就是，他不可避免地进入了家庭生活。在现代政治的架构中，有两个利维坦。一个是全能型的政府，另外一个则是全能型的小家庭。在某种意义上，后一个小利维坦是前一个大利维坦的分子结构。他读过阿兰·巴丢对小家庭的哲学批判："一个小爸爸，一个小妈妈，一个小宝贝。"——一个典型的小资产阶级的家庭，私有制和成长规划在此获得具体的生命形态，并最终为那个大利维坦效用的发挥输送意识形态。他曾经抵抗这一形式，但终究是被卷入进去，并同样从阿兰·巴丢那里找到了相互矛盾的理论支持——"爱是最小的共产主义"[①]。2013年4月的一个中午，女儿出生了，在喜悦的同时他隐约有一丝茫然，这一茫然保持了很久，很长一段时间他觉得他和女儿相互不需要。他并没有从生命延续这一基本的命题去理解女儿的出生，他更愿意将她视作一个潜在的精神

---

① ［法］阿兰·巴迪欧：《爱的多重奏》，邓刚译，华东师范大学出版社，2012年。

对象,他可以和她进行真正的精神交流——他设想过的最媚俗的一个场景是在《大卫的伤疤》里面读到的:在清晨或者黄昏的阳台,他和女儿一起读一部真正的圣书。如果他的女儿此时和他讨论真理之道,也许,他可以回答得更加圆满——至少好过他父亲当年对他的回答。但是这一天并不知道什么时候能够来到,目前的情况是,上小学一年级的女儿对玩具、美食和小游戏的兴趣远甚于阅读,他们有时候能够和平共处,但有时候他会失去耐心,他最害怕女儿说的一句话是:"爸爸,陪我玩……"

5

2019年是一个谶言,充满了无限的可解性:1月,美国政府停工长达22天,创美国建国以来历史纪录。2月,特朗普与金正恩在越南河内会晤,引发各种政治预测。3月,埃塞俄比亚一架客机失事,死亡157人;同月,新西兰清真寺发生恐怖袭击,凶手现场射杀50人。4月,人类捕获第一张黑洞照片;同月,巴黎圣母院大火,损毁严重。5月,委内瑞拉政变失败。8月,美国正式退出《中导条约》;同月,亚马孙森林突发大火,至少50万公顷森林被毁。9月,沙特石油设施遭遇不明无人机袭击,美国和俄罗斯互相指责对方。10月,中华人民共和国成立70周年,在北京天安门广场进行了规模浩大的阅兵式和群众游行。

他试图从这些事件的列表中找到什么。他记起2018年底他在香港参加一个国际会议,在聚餐后返回酒店的巴士中,牛津大学出版社的一位著名出版人问他最近几年在思考什么问题，他沉默了一会，回答说：时代精神。是的，这是他作为一个知识人的思考重心。他理解的时代精神不是一个空洞的大词，他追求的目标是对黑格尔一句话的修正，黑格尔在《哲学演讲录》的开篇中指出"时代的琐屑阻碍了对时代精神的探求"，他认为不是，恰好是在时代的琐屑中才能求证时代精神的复杂性，但即使如此，他也依然对这十年发生的一切充满了困惑。2019 年加深了他的不确定和不自信，他引用老巴尔扎克的《萨拉辛》来为自己的不确定狡辩：当下的时代精神就是一个萨拉辛式的存在——萨拉辛的隐喻是，一个被阉割的主体，一个无法确证自我身份的非在，一个让人爱憎交织的大他者。还有比这更无力更苍白的辩解吗？他清楚地意识到，作为这一代的知识者，他是失败且犬儒的：他既不能完成对"真理"的探究，也无法说出现象层面的"真相"，他甚至都无法记录"真实"以备忘于历史。

2020 年 1 月，美军成功"定点清除"伊朗军队 1 号人物苏莱曼尼，美伊局势紧张。在一个人文社科知识分子聚集的小微信群里，一位编辑发了一条求助的微信：有对美伊关系有话说的老师吗？群里一片死寂——甚至连简单的道德表态都没有。他想起 1936 年西班牙内战爆发不久，中国的知识分子如巴金、徐懋庸等就展开了热烈的争论，并直接影响到那代人的精神结构和志业选择。80 年弹指挥间，互联网时代的便利资讯并没有让大脑变得更加有智识和更有道德热情，相反可能是一种退化，智识和政治环境都在鼓励一种谨慎的专业主义和保守主义——同时也是一种狭隘主义。

他不无悲哀地发现了这个事实——精神意志松弛了，不仅仅是他一个人的单数,而是一代人的复数——这是一个无比诡异的悖论,物质的意志亢奋激昂,精神的意志萎靡虚弱;集体的意志所向披靡,个人的意志一败涂地。

这算得上是时代精神的一个表征吗?他依然不能给出确定的回答,但是他意识到了,如果前者意味着一个黄金时代,那么,因为后者的缺席,这一黄金时代始终是在跛足而行,并在2019年的语境中走到了终点。他必须再次确认这一点,即使是这样一个跛足的黄金时代——也结束了。

与1998年的大洪水、2003年的非典、2008年的大地震,还有发生在他有生之年未生之年的各种灾难性事件一起,灾难自行构成了一个负典的谱系,在这个负典的谱系里,他隐约窥见了一种"密契":那是两个全能者之间的交换,好的全能者和坏的全能者。而作为普通的生灵,他并没有权力去标价。他渐渐发现所谓真理其实也是一个坏词,真正值得珍惜的,只剩下信或者不信的举意。

于是,这个出生于公元1980年代的中年大叔,这个"千禧年一代",在持续盘旋的第二个千禧年魔咒和梦魇中默默对自己说:

——Ataitu,我来了……

——Volo,我愿……

2020年2月2日

Part2

评论

一代人的光影

阎连科

1

世界上有许多树木都是先有叶子后开花，而后果子才可举在枝头上。然而还有一些树，是先花而后叶，最后才见秋果粒粒隐在枝叶间，比如盛生南方的木棉、玉兰、魔芋、紫藤和贴梗海棠等；比如北方无处不有的泡桐、梅枝、沙棘和桃李杏。

有没有一种树木是在冬天之后的春暖里，先结果子而后生叶、开花或开花而生叶？

有。

十多年前我确真比现在小着十余岁，看上去和现在的我是同龄人。因此在北京三联书店的一个活动中，我因为白发萃生而坐在台子上。而庆祥那时年少而瘦小，青年如少年，少年如童生，虽已读博并有诸多的理论在诞生，在80后的同代人中已如翘楚旗明明地举在一片俊杰间，可到底还是因为瘦小年少被组织者埋没在了台下人群里，如和田玉被裹了一层沙土石皮般。然这被裹被隐被埋没，在他却不怨不躁、不急不慌，仿佛一个孩子深明站在人群最后将头低下的意义样。

三联的活动是谈书、谈文学。会议上如我这样的人都仰仗年龄"高高在上，夸夸其谈"着。时间如煮沸的蒸汽一样有温度、有气象地消失着。终于到了一场文学的高谈阔论将要结束时，为了彰显民主和开明，台上的请台下的发言去做闭幕式的拉绳人，也便请了庆祥来拉这闭幕式的幕绳子，结果他从人群站起来，像一颗钻石闪在一群头脑上，论文坛，说文学，评点当日的活动与发言，词语简短，清正有力，理据满塞提纲又挈领，仿若一个法官宣判的短言一样击中文坛的命门，让台上台下的哑口无言俱呈愕然状。清晰地记得那次活动的台上人，说的多是什么书的伟大和文学之荣华，将如南方木棉样光泽火红、世代盛开，一如皇帝的玉玺永远威武般。而庆祥那时以他钻石的声音和形体，铿锵地立在台下人群里，简言赅意地表述的三点不同意见是：

一、文学文坛对 80 后写作的疏忽貌似无意而实是蓄意并将会使本可以更加繁荣多样的文学不得不显出单薄疲惫来；

二、80 后写作对市场的占有表面是销量版税和媒体的推波助澜而其实质是读者的转移选择和对上代作家的作品的阅读之反叛；

三、全世界所有的经典作家和经典作品都是在时间和历史中承上启下而非孤立地产生和存在，所以请大家不要将当代文学一时一地的繁荣过分乐观地颂赞高扬，要将它们放在时间和历史的长河中看泛舟漂流和浮沉。

庆祥发言完了坐下了。那时台上台下的静，忽如空无一人的礼堂里，有只隐昼墙角的蝙蝠鹰一样翱翔在半空嘲笑着光。或说有只鹰，从一座城市的上空掠过去，朝高楼大厦瞄瞟一眼便有节奏、不急慌地扇着翅膀飞远了，留下那座城市永远在那儿颓然坐落而落败着。

应该说，我就是在那次活动中，自一个人的才情深处认识了可谓才俊中的才俊杨庆祥。也就自那次活动后，开始相信世上的草木多是先有叶子而后花,或者先花而后叶,这是人生所有的成长之规律。然在一片茂生的林木中,确实也有树木初生而成便举着果子从林地走出来,在文坛的街上和满街的叶植列并在一起。人民大学并不是让人人都仰慕并倾其家产、才华也要走进去的最名校,但你若是那个学校的一员时,你将会深明这个学校内在的运行规律是北京大学、清华大学都不可以比拟的。社会上所有对这个学校的理解都含有偏差、肤浅和表层笼统的概念化——至少我在人民大学的人生里,深知着学校的灵便、包容和对一些特殊师生的爱。在三联书店的那次活动结束后,我知道人大、北大、清华都有强硬如法的规定是本校毕业的博士生,不能留在本校任教而且这三个学校对这一规定的落实如一套手扣对一双手腕的落实样。可庆祥在这一腕扣关系中,以他的才华使得学校破天荒地将他留在本校任教了。我不知道学校其他学院还有没有这样破戒开律的事,但在人大文学院,这多少多少年,都是兀自独有的天开窗。这桩天顶开窗而让庆祥留在母校讲坛授课、写作并扬翅飞翔的事,至今看来都是决然的正确和智明。如果没有那次天顶开窗让他从定律的隙缝留在人大当老师,那对我对人大文学院,将会是多么地遗憾如自己身上的肉被人挖走了。如没有生叶就有了果子的树,被文坛和高校的路人摘走后,空留下一树的植叶黄在汪汪洋洋的人大校园里。而这天顶开窗将庆祥留在母校做老师,对文学来说不是大学"纳贤不避亲",而是说一个人的才华是所有人的光,能照亮许多戒律拐角的门锁和钥匙。而是说,有一种才华不是沿着时季的线路生叶、开花而结果,而是从结果到硕果最后的终地已然是结果和硕果。在文学绿植才华的大街上,有人是由许多叶植的托衬成就其才华和物果。而有人,一走上这条大街就举着无叶的枝果立在街中央。他的立站不是给人看花叶。他知道几乎世界上所有的果实无论你多么硕大都没有花朵更引人注目更显美。但那果子的存在就是让你去思想。去想世界上确实是有人不需要花朵绿叶就能结果的树,去想为什么在文坛、文学的这条大街上,不结果子的树木随便几片叶子总比榴莲更香贵。而总是举着果子的真实和思想,在这条大街上总是少有人问津卖不出应该有的价格来。

2

我不知道庆祥是如何走过他的童年、少年而到人民大学读研、读博的,只知道他是安徽宿松县普通人家的人。知道他在中学时,曾经在县城书店的楼梯上,捧读着武侠小说像某一天那个叫张楚的作家在美国纽约的机场捧着福克纳的《八月之光》样。

他在很早、很小的时候已经过去了一棵树的生叶茂绿期,来到北京、来到人民大学就是为了结果才从那很少有同行去过的宿松的镇城走将出来的。他的导师是程光炜。每每说起导师时,他满脸都是自己想要一锭银子导师却给了一根金条样的光。而我看到他脸生此光时,便也对程老师有种想要一元却得到万元的谢意在心上。因为我调入人民大学时,走过调入的窄小桥梁时,程老师是在那桥上加装了安全护栏的。在人民大学给我的诸多益好中,有一点别人不在意,但对我却是相当重要如一棵干旱的老柳被移植到了一条河边样——那就是在人大文学院,让我的后半程人生能和庆祥、悦然、梁鸿等年轻作家、诗人、批评家们在一起,让我从他们身上汲取了太多的滋养而不至于过快地枯萎而被人丢在路边和荒野。尤其是在八年前的2015年,读到庆祥的《80后,怎么办?》那本十几万字的书,使我再次看见了一代人的光,把他同辈作家几乎所有人生与写作的暗角都给照亮了,都给剪影描绘了。同时也将他前辈作家的保守、迂腐和故步自封的傲然给裸露在了天底下。记得在一天夜里读着那本薄书时,我有点心潮澎湃不时放下那本书,会望着灯光、墙角发一会呆,然后去找寻杯子倒杯水,每看几页就喝一口水,像苦闷烦泼一阵就要喝口酒。且在这多年之后的日子里，去想那本书，还能以我忘性好于记性的记忆力，隐约记得书中有这样两句话：

> 历史的黑箱一旦被戳破，里面原来是嗜血的阴森可怖。但我愿意将这些表述和判断留存，批评的勇气在于：你要戳穿别人的假面，必先将自己的真脸示人。

记住这两句话不仅因为这话上系了鲁迅的严厉和思考，还深感于一个那么年轻的80后，在一个时代面对历史的承担和勇气。也许今日再读此书这话已不复有当年的澎湃内心了，因为我们时代的变化之快确实没有一个批评家、思想家的思维能够追得上。时代的脚步一如你是飞奔之马也无法追上高铁样，可当我们去回顾"80后"这一概念所占有、统治的那个时代时，《80后，怎么办？》大约是这一代人中唯一一本能够给一代人的思想、形象剪影存留的一本真实存照书。在那本书出版、争读、讨论的日子里，这样的文字总是不间断地出现在各种报纸和文化杂志上：

一本最真诚、痛切的反思之书；

一本振聋发聩的追问之作。

如此等等还有很多对那本书、那代人、那个作家的争论、反辩、颂赞和批评，如汛期的河流一样卷着季节的泥土、草木和腥鲜，在时代的潮头跳荡和闪灼，乃至因为我与他人对那本书的爱，也都获收了口水哗哗的争吵和暖人的光。由此可想那个灵透、敏感、充满才华的作家在那个时段是多么地光闪和荣耀，使人感觉一颗耀眼的思想明星将要跃升空中般，可惜那个总是被人借誉为"那是最美好的时代，那是最糟糕的时代"的时代很快过去了，像穿堂风对书页的吹动翻阅般。那本书的尾页很快到来了，封底成为封面扣在了风过处。今天去回想那些年月也才刚刚过去十几年，却使人有了恍若隔世感。因此再从书架上抽出那本书，似乎每一页的文字都有着压手的沉重和生命力,会在再读中时时听到一种来自时间、时代的击打声,会越发地去想那个时候的杨庆祥和今天这个杨庆祥,大约不是一个孤立存在着的作家、批评家,而是一个时代的光影和一代人的形塑和剪照,是一代人在文学上的思者、跑者、批评者,是个一直都在历史的原野上跳动、飞跃着的时间的鹿。

3

今天庆祥鲜正的形象是批评家、诗人、博导和人民大学文学院的副院长,似乎和那个写过《80后,怎么办?》的作家正渐行别离着。激情还在,但愤怒已移。他显得成熟、放松,甚至某些时候还有一些精神上的闲散感。倘若不是他还让我们不间断地读到他的诗,我们已经很难把这个庆祥和十年前的庆祥联系起来了。

幸亏还有诗。

幸亏他是一代人的批评家。

因此无论是在校园,还是会场或者饭桌和街头上,每每看到修饰整洁、穿着得体、言谈爽利的庆祥时,我都无法避开一块价值连城的和田皮包玉被剥去沙石那感觉。我不知道和田玉是带有一些沙石好,还是剥去那些沙石有了雕饰好。没有人不是家庭、自我和社会三者联手的雕塑之结果。台北故宫博物院那棵镇馆物宝玉白菜,如果还是原石将不会成为今天的稀世国宝摆在台北故宫博物院大厅正中央,如蒙娜丽莎不经过画笔不会挂在法国的卢浮宫。所以每次和庆祥擦肩而过或相聚分手后,我多都会默默回头再看他一会儿,其注目之悠长、矛盾并无聊,且那时还会默默念想,如果时代的脚步能够慢一些,所有的变化都在一定时速上,如上页书和下页书没有隔页而是字句连着字句、情节续着情节样,那么写过《80后,怎么办?》的杨庆祥,沿着那条写道再向前续走几年会是什么样?他读书博览,才思敏捷,口才与文才,都好如台北故宫博物院的玉白菜和卢浮宫的画，那么沿此笔道、思考作为80后一代人中的思想者，他会不会如王小波延续了鲁迅杂文、随笔传统样成为又一个王小波和鲁迅杂文、随笔的精神继承人？成为和他们不一样却又精神相传的稀缺作家和一个时代精神的书写者？然而立刻却又想，他今天作为一个80后批评家的领衔人物不是很好吗？初中、高中、大学、读研、读博、留校任教，由讲师而为教授和博导，每一步的节奏都比别人快，每一个台阶的起脚都比别人稳，每一篇论文和每一本论著和诗集，都会引起诸多的关注和侧目，乃至去做鲁迅文学奖和茅盾文学奖的评委也是最为年轻语重的评委和发言人，就是到了自己获得各种如唐弢青年文学研究奖、冯牧文学奖、茅盾文学新人奖，及去年第八届鲁迅文学奖的文学理论奖，他作为一连串的获奖者，也都是那些获奖者中最为年轻的获奖人。站在大学和文学的立场上，庆祥可谓没有哪一项不是成功者。且没有哪一项不是最为年轻少壮的成功者。出生于1980年，四十来岁就已桃李天下了。

记得三年前江苏凤凰出版传媒集团组织了盛大"凤凰年会"，在南京那个豪壮华丽的大厅会场上，云集了众多名家、顶流和学者，而庆祥是作为最年轻的学者代表发言的。幕布、灯光和主席台，台下各路的兵马和人流，尤其在主席台上被精心置装的演讲席和演讲席上的那束巨大、巨艳、巨美壮的鲜花和鲜花间时隐时现的麦克风，整个情况都如外国元首在中国举办的"七国会议""八国论坛"样，然会间到了庆祥发言时，他从从容容走上台，将那束巨花从演讲席上端下来，之后将麦克风扭置在适宜自己的最佳位置上，即兴的发言如念读稿子般，顿挫抑扬，朗朗句句，有观点，有节奏，有疑问，有颂赞，唯一没有的是哼哈多余的字词和句式。

一场文化与出版的论坛被他带向高潮了。

一场被集团精心设计安排的活动其所有的目光和彩亮，都闪灼在了他临时发挥的单元发言上。

4

使得庆祥更显才华立命的，还是他的批评和身为诗人的批评家。

到今天，他出版的代表性专著与诗集，有《社会问题与文学想象》《新时代文学写作景观》《我选择哭泣和爱你》《世界等于零》等，主编了大型青年作家研究丛书"新坐标书系"、科幻小说丛书的"青年科幻系列"，及英文版80后作家小说集。批评、诗歌、编撰并马不停蹄地组织和参加各种文学活动；学校的讲坛是他的主阵地，其他全国各地的文学会场是他更为开阔的次讲坛。"写与跑"已经是今天许多作家、批评家最重要的一种生活方式了。在这个文坛独有的生活方式中，对许多作家和批评家，似乎没有写也就没有跑。没有跑也就等于没有写。文学的两翼已经从创作与批评的静默两翼变成了写与跑的轰隆翼声了。大约这也就是互联网时代给文学、文坛、作家、诗人带来的不得不变吧。但作为批评家，不仅要写、要跑、还要讲。作家在跑中也要讲，但作家在跑中天然的有"讲讲段子""逗逗笑声"之权力。似乎在今天的网络、微博、短视频统治的文化天下里，不讲段子、不逗笑声，这个作家就不是好作家。可批评家是没有这个权力的。读者要求他们必须严谨有思考，对当下写作一定要能说出独一无二的一、二、三。而且青年批评家们又似乎个个都有这个能力和准备。比如杨庆祥。比如张定浩。比如南京的何平等。比如很多我熟悉的青年批评家。眼看着青年批评家对上一代批评家的取代就如眼下的青年作家对上一代作家的迭代更替样。

这个时代是文学移交的一个时代移交口。

老的不愿交出去，新的到底还是冲上来。因此就特别愿意知道年轻作家是怎么写，年轻批评家是怎么想和怎么说，也就常常在家悄悄地读他们和想他们。庆祥在同代批评家中不是论著和文章最多的那一个，但他却是最有观点总是让你听到并记住他的声音那一个。

从《社会问题与文学想象》到《新时代文学写作景观》等,一篇篇地读下来,不免会使你发出一些安慰而又有些无奈的叹息声:

老的终归是老了,没有新芽不催旧枝的理。

以《新时代文学写作景观》论——这和它获得鲁迅文学奖的文学批评奖无关——许多叹息是从这本书的篇章陆续发表悠悠开始的,直至 2021 年底这本书出来,在家里又通读和复习,那叹息便变得事已至此你不得不承认,"早上八九点的太阳"已经和黄昏无关了。那书中的敏锐、开阔与它的思维和逻辑,像一股风(现在北京正是沙尘暴)正对着文学与文学史,进行着悄然的劲吹、改写、改变乃至为推翻。与其说在"文学移交"这些年月里,新老的交替是新老作家的作品完成的,倒不如说是青年批评家们替青年作家和他们的作品完成的。是青年作家们完成了他们的作品后,青年批评家们接过他们的作品视其作品为"上部",然后他们续写了"下部"后,使这上、下部的合力在推动完成这移交。甚或可以说,在文学接力棒的跑道上,上一代作家并不认为自己完成了自己的跑项、已经力气耗尽正可以把那接力的金棒交出去。而年轻的作家追上来,也并无起跑如冲刺样地去快捷抢夺接力棒。这中间的距离不是空白而是批评家。是有人说的"南有张定浩,北有杨庆祥"——是他们一大批的青年批评家联手在中间,如裁判样的断喝提示声。是他们将起跑接棒的青年作家们助力推了一大把,让青年作家的跑速成为鹿跃了。甚至我觉得,是他们从上代作家、批评家手里抢过接力棒,和青年作家并肩甚至是领跑青年作家了。

回到《新时代文学写作景观》这本专著上,留意一下作者所有理论的观点和讨论的作家与作品,就知道他们是如何在新时代的文学交替中,领跑文学和助跑作家了。在《新时代文学写作景观》的上编中,专论的是"21 世纪青年作家"们的"非虚构写作"、"新南方写作"、"科幻文学"和"AI 的角力"等;下编专论的青年作家是徐则臣、李修文、鲁敏、葛亮、付秀莹、张悦然、孙频、胡竹峰、王威廉等,加之他在《社会问题与文学想象》中提出的"九十年代写作"和"新伤痕文学"以及更多的对70后、80后作家的作家论和作品论,可以很清晰地看出杨庆祥文学理论的选择和敏锐,以及这些理论的当下性和前瞻性。尤其如《新南方写作:主体、版图与汉语书写的主权》《科幻文学:作为历史、现实和方法》及《与AI的角力——一份诗学和思想实验的提纲》等论文,实在是把他选择的视野、敏锐的嗅力和相当前瞻的文学判断力,集中体现到了"招风树"的程度上。记得几年之前读他的《与AI角力——一份诗学和思想实验的提纲》时,深为他论文中的"焦虑"而不以为然,甚至读到其中这样的文字:"当下一些诗歌写作甚至比小冰(AI)的写作更糟糕,更匮乏。如果我们对这种自动的语言和诗意丧失警惕,并对小冰的'习得'能力表示不屑的时候,有一天我们就也许会发现,小冰的写作比我们的写作更'真',更富有内在的冲动"[1]时,会觉得这种判断和论述,未免太过杞人忧天了。如今再看AI的发展和整个人类面对AI写作之惊慌,去重读他的《与AI角力》,大约除了感叹AI到来的迅猛、快捷与整个人类措手不及的手忙脚乱,就不得不感叹那个青年批评家的敏锐和前瞻了。

顺便说一句,2013年6月,余华的《第七天》问世时,是庆祥最先向媒体提出了《第七天》写作中"新闻串串烧"的问题,从此这本我喜欢它胜过《文城》的小说,被推到了争论的风口。后来和庆祥说起这件事,我说"你罪大恶极"。前年余华的《文城》问世时,庆祥又以最早、最快、几乎与《文城》问世同步的速度写了《〈文城〉的文化想象和历史曲线》一篇肯定文,之后我见他,第一句话说的是:"你是将功补过吧。"这些虽是玩笑话,但对他于文学

---

[1] 杨庆祥:《新时代文学写作景观》,上海文艺出版社,2021年,第88页。

的敏锐确是可见之一斑的。再说最早在《南方文坛》上读到《新南方写作：主体、版图与汉语书写的主权》时，就真的是一声感叹一声赞，觉得无论是"新南方写作"概念的提出，还是对"新南方"的区域性论断，再到对近年一大批南方青年作家作品的具体思考、辨析和论述，可谓理据满满，逻辑谨严，述说规正，也便再次觉得他这种扑面而来的批评之才华，不在一字一词的新颖和运用上，而是在整体的把握和思维的高于人头上。想起不久前，和我一个朋友说起文学、文坛来，他苦笑着轻声喃喃道："不是说我们年龄大了我们该退了，年轻的该要顶替上来了，而是说这个时代和社会的逻辑不再属于我们了。"

他感叹："我们是被逻辑更换替代了。"

那么他说的逻辑是握在谁的手里边？是谁的思维创造出来的逻辑让整个文学、文坛、读者都欣然接受了？看到最近《南方周末》《文艺报》《文学报》和属于文学圈的那个手机"朋友圈"，都在发文、转文讨论"新南方写作"的起兴和不可挡阻的旺势与蓬勃，这其中肇始者杨庆祥的声音更是正清和嘹亮，占根占据的论说、阐述和挥发，使人听到看到的，不仅是这种阐释和阐释中的作家和作品，还有杨庆祥们在发现、建立一种新的文学史。在这种新文学史中组织新的文学秩序和逻辑。这对于那些志向高远的作家言，是你的作品最终被纳入这种理论去阐述，让他们的理论、逻辑领带着你的写作向前走，还是你的写作不断跳超这种理论领带着他们的批评向前走，倘若这不是一桩东风压倒西风的事，也是你的文学到底有没有创造性、有多少创造性和恒久远的事。

在这儿能否说一句朦胧、私房、似乎不该说的话，是不是现在的文学——尤其是小说，真的被批评家牵着鼻子了？当年自80年代中期至2000年前后，整个中国文学的先声是小说。是小说先自有了轰鸣声，而后才有各种评论的声音和经典与经典的可能性。而今天，尤其是新世纪后的最近多少年，无论谁的小说出版之后都无"先声"了，都必须有批评家的站台、唤喝、颂褒之后才会有那些作品发出声音来。

换句话儿说，一部作品问世后，首先发出声音的，不是那个作家和作品，而是批评家。是批评家替代了作家和作品发出声音，那部作品才可以被看到、听到、记起来。这种声音秩序的颠倒除了我们可以从作家和作品自身及今天的媒介、网络的变化找到不可逆的原因外，还说明、证明的，就是文学的逻辑与秩序正在悄然变化着。今天文学的主板块似乎正朝着批评滑过去，它属于或即将属于批评家，似乎不再属于那些作品的创作者。明天的文学，作家如果没有在创造上与批评家撕裂、矛盾和一比高下之努力，那么你所有的作品都会是批评家观点和理论的注脚和阐释码。而那要让你的作品成为阐述码和注脚的人，就是今天如杨庆祥样一大批的出生于70年代末和80年代的青年才俊批评家。

他们今天是文学声音的代言人，明天可能就是文学的主唱和导演。

感觉属于文学批评的一个文学时代似乎真的到来了。

5

没有能力写出"批评的批评"那种文章来。倘若有，是真的可以捋理庆祥这代人作为批评家，他们和上代批评家的关系是什么、差异在哪儿。他们的世界观、人生观和文学批评观的独有在哪儿。似乎知道他们的不同之处在哪儿，又无法理清为什么是这种独有和才情，而不是那种独有和才情。一如总是断续不止地去读庆祥的诗，却又无法落笔去论说他的诗。然不知该怎样去说他的诗，却又每每读起多有感慨和心潮起自心底涌上来。从他的第一本诗集《我选择哭泣和爱你》，到《这些年，在人间》，再到两年前的《世界等于零》，对于他诗歌的爱，在我是胜过对他的理论批评之爱的。这里没有谁好于谁的权衡在，而是说他的批评是理性的、冷静的，经过辨析选择的。而他的诗歌是感性的，本真、率真的，乃至不失天真——哪怕他经常在感性、本真中经过突来的词语、诗句将那种具体的感性和本真，转带入一种过滤了情感的抽象和表达，你也还是止不住被他的诗句引起内心的澎湃和激荡。

我以为，在诗人和批评家的身份上，庆祥的内里是诗人，即便他以批评家的身份立于文坛、高校和这个充满物实的现实世界中，他也依然是一个诗人批评家，而非批评家的诗人和作家。尤其到了《世界等于零》，这种感慨膨胀得如气球将要飞起来——哪怕读了他为这部诗集写的《从零到零的诗歌曲线》的后记文，知道他明确拒绝人们对他诗歌的某种过于具体、实在的解释和理解，你也还是忍不住那种只有诗歌才能引发的感慨和冲动。

　　一首具体的诗歌当然可以被分析、讨论和教学，但是作为"曲线"的诗歌却不能，它逃避一切的阐释，因此也拥有无穷的阐释。①

在《从零到零的诗歌曲线》中，读到这句话时，《世界等于零》所引发的澎湃在我内心如同破了的气球一样碎落了——诗人与小说家的区别到来了。目下小说家都渴望别人阐释如长途汽车需要加油站，因此批评家都是小说家的亲人和朋友。而作为诗人的杨庆祥，对阐释的警惕、拒绝和不以为然，道出了诗歌这种文体的清冽和傲然，也多少道出了庆祥作为诗人那种内心的"不可言说的痛"。

也许他是因为那种不可言说的疼痛才写诗。

也许他要拒绝的，正是我这种不懂诗也要读诗和对诗人、诗歌

---

① 杨庆祥：《世界等于零》，上海文艺出版社，2021年，第172页。

有自己理解、曲解的人。好在在《从零到零的诗歌曲线》中,他还那么明确地说:"它逃避一切阐释,因此也拥有无穷的阐释。"那么就把如我般不是阐释的阐释,当作无穷阐释中最简单、曲解那一种,当作一首诗成为"曲线"之前总还有"直线"和直线向曲线过渡的弧线那一段。我是属于直线和直线延伸出去的弧线那一段,因此才会把《世界等于零》和《80后,怎么办?》联系起来去理解。不是说《世界等于零》就是《80后,怎么办?》的发展和延伸,而是说同一个作家、诗人在这两种截然不同文体中的蜕变和某种精神之联系。在《80后,怎么办?》中,你读到的是"少(青)年中国"的杨庆祥,而在《世界等于零》中,你感受到的杨庆祥虽然是青年,但却是被时间、时代洗礼过的青年了。他们作为新起的知识分子,为所处的时代焦虑、担忧而不安,而表达的方式却成了一种抽象和曲意。他们在现实和想象之间填充词语和诗句,或在现实和词语之间填充抽象和想象。于是诗歌流淌出来了,作家蜕变了。那个写出《80后,怎么办?》的作家成了"人和世界怎么办"的诗人了。现实成了他隔有距离的凝视物,也成了他诗歌的想象之源头。《疫的7次方》作为一部诗集的开篇,读来让人从震撼中跌落又从跌落中扬起,它合同着诗集中所有作为"诗的地理"存在的"北京"及与这诗的地理相联系的"君王""权杖"等等意象如《时代病》《黄昏的起义》《我唯一确定的》《看〈流浪地球〉遇大雪有感》与《远征》等诗歌,不仅维系着《80后,怎么办?》的精神,同时又修筑了从安徽宿松那个阅读少年到北京名校的博导、批评家和诗人的成长与成熟的路道。将诗集中凡写家乡的"诗的地理"与凡写北京的"诗的地理"的诗歌放在一起阅读是笨拙的,但也一定又是有趣的。我们从这诗的地理中看到的是现实、地域和激情,但也隐约看到诗人的成长、成熟和存在。而就收录诗人110余篇诗歌的《世界等于零》的诗集言,这种具有"现实和地理"的诗歌,单从数量说,如果不为诗集主阵的话，那么爱和爱的绝望相关的诗，就几乎是这部诗集的主调舞台了。没有人会把诗作和诗人世俗的日常生活相联系，但没有诗歌不和诗人的精神处境相联系。不能说"爱与绝望"是《世界等于零》的主音符，然在自始至终都栽植、举枝在诗集中的爱、孤独和绝望，及在绝望中又对爱不息不止的吟唱的诗歌里，那些反复跳荡的音节和音律，却总是让人听到、看到诗人在孤寒中的叹息和歌律。"一条鲸鱼放弃了大海，一只贝壳放弃了泪/一个春天放弃了花朵。而一颗心的坚冰/心的坚冰已经放弃了人类的解冻"（《他对自我实现毫无兴趣》）。"我只会给你一个冬天。我反复点燃，/雪，雪——大雪自火中沸腾。/缀满纽扣的卡其大衣。随手拾起的，/小小宪章。萝卜缨子。和背叛"（《我反复点燃雪》）。这样的诗句和短章，不需要去诗集中勾勒和翻找，你随手打开《世界等于零》的任何一页，映入眼帘的都是这样的诗句和情绪，都是满带着绝望的爱和充满爱的孤独。乃至于你可以想象，一个诗人白天在世俗、繁闹中忙碌的奔波和纠缠，而在独处夜晚的孤寒中，又如何寂寞和冥想。甚至让你去感觉，他的孤单与绝望，不是他的无奈和不得不如此，而是他自己的营造和渴求。

是他要用这种绝望的力量去对抗虚无的庞大和武断。

> 对微微颤抖的尘埃说：我来过
>
> 对尘埃上颤抖的光影说：我来过
>
> 对光影里那稀薄的看不见的气息说：我来过
>
> ……
>
> 对比深井还深的眼睛说：我走了
>
> 对眼睛里比细雪还细的寒冷说：我走了
>
> 对比寒冷的晶体更多一分的冰凌说：我走了[①]

[①] 杨庆祥：《世界等于零》，上海文艺出版社，2021年，第65页。

不难理解《世界等于零》这首诗,为什么被诗人选来用作一部诗集的书名。我们不会将"世界等于零"视为这就是诗人的精神概述,但其中所表达的人生观和哲学观,在相当程度上,也许正是这部诗集最深处的根土和种子。而当将现实、不安、忧虑、绝望的爱及爱至绝望视为路径走入这部诗集时,屏障、奇妙的地方却在这儿产生了——诗人不让读者沿着此道走下去,他总是让你在一首诗的情感高处站立瞭望时,将你的目光从绝望和爱的地方引开来,引至一种抽象的寓意和多义,如同他领带你从现实起脚走过激情、愤怒、黑暗和绝望,看到的不是虚无和死亡,而是充满光的抽象的门——一扇抽象的门窗和覆盖了黑暗的语言的光。如《我唯一确定的》《他对自我实现毫无兴趣》《九月的第一首情诗》《尘世间的事》《大首领》和《我把你也给你》《壶口墓志铭》等等诸多诸多的诗,诗人都用他的诗句、段落将我们领带入激情和想象,然在这想象的尽头,他却又给我们竖起一道抽象的屏障,既让我们在这儿住脚,又让我们在这儿凝望和思想。尤其如《现代聊斋志》《王冠》《蓝》和《箴》等——因为自己是以叙述为业的小说家,读到这些带有强烈的抒情性叙事、段落性句章和拒绝情节指向的诗歌(篇)时,可谓喜出望到如同阅读鲁迅非诗非小说的《野草》样,觉得又一次读到了非诗歌的诗歌了。读到了"新诗中的新诗"——尽管这样体式的诗歌并非首源于《世界等于零》,但这些诗却让我想到了某一种小说的可能性。

——倘若有一天,我写出了那样的小说来,我将恩感于这部诗集中的《现代聊斋志》《王冠》《蓝》和《箴》等诗歌。

6

我以为《世界等于零》的诗歌"曲线"不是诗人说的"逃避阐释",而是在有意对抗"一切的阐释"。杨庆祥作为一代人的光和影,事实上也在拒绝、逃避着许多的描述和注释。他是教授、诗人、批评家，同时又是博导、副院长。工作上的风生水起、声响涛涛和他写作上的成功和光亮，成塑了一个熠熠生辉的人。然若你能真正对他有着进一步的了解和熟悉，也许也才可以更进一步地体会他的矛盾和丰富。一面是对文学与写作的挚爱和信仰，一面又是一个高校行政职务的未来和可能。也许这就是中国有太多才华者的光明与烦恼。作为庆祥的同行和同事，我为他的才华感到心嫉和骄傲，一面渴望他可以向上走上去，另一面又渴望他彻底地成为纯粹的教授、博导、诗人和批评家，把自己的天赋才华集中到一点上闪烁和聚爆。然又说到底，生活中又终是有人在一点、两点、三五点，或一面、两面、三五面上都成就业绩，都是成功者的人。既然是一代人的光，一代人的光和影，那就光影同在，让光照亮影，让影托衬着光，成为一代又一代人的光。

2023 年 4 月 17 日　北京

抵抗没有历史的历史
——谈杨庆祥的文学批评

孙 郁

《小时代》放映的时候，我和妻子去电影院看过一次。走进影院，只有我们两位老人。很快传来轻微的滑稽之笑，青年人似乎在以异样的眼光看我们。在那一刻，我也觉出了尴尬。过去的老话说，只有了解上一代人，才能明白自我。但要反过来，以我自己的感觉，如果不了解下一代，也就不可能知晓我们自己。与《小时代》相逢，给了我诸多意外的话题。

这是好玩的故事：时尚、华贵、热烈。但快意的漫游后，不再需要思考。较之那些沉重的写实之作，作品的精神含量是轻的。以前我很少关注 80 后的文学实践。阅读韩寒、郭敬明的作品，还是近来的事。对 80 后，很难以齐一的概念描之。后来又看到杨庆祥这些批评家的文字，觉得他和韩寒、郭敬明不在一个语境里。同一个时期成长的青年，其差异性显而易见。现在，80 后已经是文坛的一个重要存在，我们这些老人有时候不知道，后起的青年正在改写我们的文学地图。

时间相差三十年，一切都那么不同，这是我们过去所没有料到的。我自己经历过六十年代的灾荒与"文革"，挣扎于七十年代，如果不是八十年代的来临，真的不知生命该是什么样子。这个迟到的年月，使我们这代人的青春才有了一点意思。至今想起那个年月，有着特别的感受。八十年代，是精神解放的年代。哲学方面有李泽厚的康德思想的延伸，这影响了人文科学的许多领域。审美方面，高尔泰、刘再复都是值得一提的有影响力的人物。小说家则出现了莫言、贾平凹诸人。没有那些思想者与作家的出现，就不会有后来的文学繁荣。在我看来，五四以后，能够给我们思想以刺激的年代，也恰是那个十年。

我常常想，今天的青年，受益于那个时代的精神辐射，他们比前辈更拥有思考的自主性。但事实上他们未必都这样看。2009年，我参加杨庆祥的博士论文答辩，涉及的就是八十年代文学史的话题。他对八十年代的描述，是带着质疑的目光的，看到了我们这代人复杂的、矛盾的一面。而且那些当年被我们视为不可错的存在，也被作为一种问题加以观照。这给我以兴奋，也有一些疑惑。但私下还是不得不证实这样一个事实：一段历史，就这样被新一代人所重新注解了。

在我的眼里，八十年代许多知识人浮出水面，旨在从久远的沉默里走出，发出被压抑的声音。人们那时候是极力把目光从当下引向五四，在于去清除一个时代的阴影，注入新的思想血液。在许多人那里，绕过"十七年"与"文革"十年，才能够解释问题的真谛。巴金、冰心、北岛等人，无不如此。可是在80后批评家看来，八十年代，其实有"十七年"的文学资源，只是没有被意识到罢了。杨庆祥在言及查建英的《八十年代访谈》的时候，看到了那是精英者与胜利者的叙述，而背后的本然被忽略了。他以为只有发现"十七年"和"文革"十年，才能够理解八十年代。从八十年代的文本与社会思潮里，看到了文学史的一个逻辑线条。而在他眼中，那个逻辑线条远比人们想象的要复杂得多。

这确实是一个问题。杨庆祥和他这代许多批评家在撕碎一个被文人建构的神话。他从众多文本里发现了八十年代文化发展过程的两面性。在程光炜的讨论课上，他的思想被调动起来，发现了诸多理论的盲区。他认为，去政治化的文人写作，其实带着一种新的政治，思想的启蒙又把象牙塔里的乌托邦世界重新唤出来。八十年代的一个重要理论现象是李泽厚、刘再复主体思想的建构，这个思想在当时的影响力是巨大的。但是在杨庆祥看来，这种主体的思想，因为是乌托邦的一种，后来竟在一个历史的转折里变为泡沫。作者在《主体论与新时期文学的建构》中说：

> 从"主体论"到"人文精神的讨论"，一个不争的事实是，我们关于"人"的言说越来越软弱无力，一个"新人"和"新的文学"图景也显得遥遥无期，从这个意义上讲，无论是"主体论"还是对他的批判都是一次不太彻底的与历史的"摩擦"和"互动"。

八十年代的文学是在痛苦之后的一次梦醒。人们终于可以去大胆地做梦。个人主义与人的重新发现，其实是回到五四的一个选择。但由于精英化倾向的出现，我们的文学变得与现实有了隔膜。那代作家的文本同样留下了类似的问题。这些问题，恰是 80 后的批评家所不满的。杨庆祥在韩少功、残雪的文本里，看到了诸多的悖论。

韩少功作为八十年代成长的作家，精神有着同代人相似的特点。但其思想与艺术的问题也伴随始终。寻根文学在文坛的影响力是较大的，同时带来了自身的问题。寻根本身没有进入文化的最根本的母题，反而把思路引向简单化的歧途。在韩少功那里，没有完成的寻根只能再次寻找，可是依然进入乌托邦的世界。当韩少功隐居到山里出《山南水北》的时候，杨庆祥却发现了其间的悖谬：

> 我们会发现一个有趣的现象，与韩少功相似，包括李锐、

李陀、张承志、北岛等人都有这种情况发生，即，从最初的对"现代化"和"现代派"的热情肯定到对其产生怀疑和犹豫，比如李陀1999年开始反思"纯文学"的说法，尔后又对"工农兵文学"的历史合理性进行了肯定，而北岛，居然对自己当年写出的《回答》深表不满，韩少功的隐居不过是其中比较极端的例子。

这是对父辈文化逻辑的一次颠覆。他的批评里的杀父情结在此清晰可辨。八十年代成长的作家在自己的信誓旦旦里，不自觉流露的文化惰性与梦想，都被杨庆祥神速地捕捉到自己的笔下。在文学史的叙述与作家文本的叙述里，自然有残缺的躯体。文学不是乌托邦之梦的圆满描述，而是遗憾的舞蹈。作家在前行的时候，把不规则的脚印留给了历史。我们看那些旧迹才会发现，写作也是多么有限的存在。

正是发现了有限性，就不得不警惕那些自信者的理论的漏洞。近六十年的文学史经验提示他，每个时代的作家都存有精神的盲区。而那盲区的出现，可能与放大自己的价值观而忽略社会的复杂性有关。八十年代精英文学渐渐失去效应的原因，恰是作家们迈入象牙塔，在个人主义之中思考问题。这是必要的选择，可是这些个人主义的声音只是社会文化的搔痒，和精神的内部的鲁迅式主题颇有距离。

在对残雪的文本的读解里，他从作家勾勒的意境里，发现了难题。那些看似美丽的小景，竟也有作者最无力的吟哦。杨庆祥发现，残雪的作品的人物常常是不会说话的影子，也缺乏行动的能力。文学的写作如果只在心造的幻影里，而不能贴近社会本然的存在，可能会有些问题。残雪的怪异的写作其实是在与主流意识形态保持距离，以此对抗外在力量对自己的异化。但杨庆祥以为这是无力的挑战，因为那结果是把自己与一个时代对话的途径搞窄了：

小屋中的人似乎也就是这样一个醉心于黑暗中的影子，这个影子无所依附，完全是个无根之物，它能够像鲁迅"铁屋子里的人"那样跳出来呐喊吗？至少在残雪这篇作品里面难以看到这种可能性，那么，这样的影子，大概也就只能被叙述所湮灭了。

笔触很是有力，令我想起瞿秋白在讨论五四个人主义的文学时的论述。这样的论述，是左翼资源在文本中的反映。这个资源使他对小资产阶级的写作抱有警惕。因为那样的作品对现实的无力感是显而易见的。不过我自己的认识与其略微相左。残雪的价值在于从虚幻的整体回到鲜活的个人，在个人缺失的时代，她的孤独甚至带有虚妄的反抗，自然有审美的独创性。面对这样的文本，以社会学的和整体性的思想衡量之，大概存在偏差。因为残雪要颠覆的，恰是整体的社会感受，寻找的是个人。从五十年代到七十年代，中国文坛缺少的恰是这个元素。当历史没有个人的位置的时候，那是没有温度的历史。看到残雪写作的深层的隐喻，也许会感受到其"轻"中之"重"。

八十年代对历史的反思，使文学进入了个人主义，但不能不注意的事实是，那结果却导致历史意识的弱化，人们不是在抵抗自己的惰性中寻找自我，而是进入自设的乌托邦。杨庆祥批评观的闪光点，恰在此处。沿着八十年代的线索，他追及九十年代以至今天的文学，发现了诸多八十年代思想的后遗症。在流行的作品里，"生活被高度传奇化和符号化"了，这导致了对当下生活的隔膜。他在《重返小说写作的"历史现场"》里，意识到长篇小说虽然越来越多，而审美的痼疾也随之产生。这痼疾是对当下的回避。回避的结果，是出现了"自欺欺人式的当代生活"。杨庆祥的文章，使我想起茅盾在二十世纪二十年代所写的《评四五六月的创作》，我们对比两篇文章，遇到了相近的体验。茅盾对当时浅薄的小说的批评一语中的。

他发现那时候的作家把自己圈在一个圈子里，很少民间的体验。而能够捕捉到问题的作家，似乎只有鲁迅。茅盾认为只有忠实于现实生活的人，才可能进入审美的亮点里。现在，杨庆祥遇到了五四那代批评家同样的话题。这种巧合也许并未被我们年轻的批评家意识到，但历史的相近性，也恰恰证明了我们文化中的宿命。

我尤其注意到他对韩寒的批评。在这位流行而走红的作家那里，看到了同代人的诸多难题。这些看似合理的存在，在杨庆祥眼里却是一种分裂的想象。以真理、正义为旗帜的人，与资本存在着合谋。在伟岸的词语后，利己主义的情感未尝没有。他要颠覆的，也包括韩寒带来的所谓神话。

韩寒与杨庆祥是同代人，其文章在社会有相当的影响。他的作品在许多方面引起了同代人的共鸣，有着广泛的冲击力。如何看待自己的同代人，对那个年龄段的青年是一个挑战。当韩寒在神话里被推崇的时候，我们听到了杨庆祥的声音。他一方面意识到抵抗的价值，另一方面意识到一个假面的舞会正在上演。当社会的不满与寻梦的渴望被阻的时候，媒体希望与一个能够代表百姓情绪的作家出台。韩寒的文字发泄了对社会的不满，有很强的批评性。但那是沉默的大多数没有发出的声音，媒体在自己的利益前提下，考虑到轰动效应，选择了韩寒。杨庆祥说：

> 在我看来，如果说"韩寒"的抵抗是成立的，这种抵抗仅仅是在一个非常简单的层面上成立，那就是利用媒体的作用，借用舆论的印象，来满足一种即时性的发泄欲望。这些东西，无法对道德和人性的重构起到有效的作用，也难以推动社会和文化的进步。从这个意义上说，"韩寒"的这种抵抗是非常消极的，他在"不能说"和"能说"之间找到了一条非常安全道路，我以为这是"韩寒"最不真诚的地方。

如此的表达，显示了批评家的真。他以为 80 后作家所面临的主要问题是，流于"表面的抵抗和自恋的假想"。解决这个问题的办法是，"回到社会中来"，在巨大的社会生活里思考个体的价值。这里不仅仅是自我的问题，还有"他人的自我"的问题。而后者恰是八十年代以来作家所没有处理好的难题。80 后的作家与批评家，遇到了一个虚夸的表达空间。他们以不同的方式，选择了自己的抵抗。韩寒与杨庆祥都有叛逆情结，但一个是逍遥的独行者，一个则是怀疑主义者。韩寒借着明星与资本的力量指点江山，杨庆祥对资本下的不公甚为痛恨。他们以个性主义的方式在把握世界，也同时把自己与世界分割开来。

一个事实是，杨庆祥们承受着八十年代以来的诸种后遗症。八十年代建立起来和没有生长起来的文化，在新一代那里成了重负。印象深的是在奥运会时，杨庆祥对精神幻象的描绘。那段文字看出了其心怀天地的忧郁，其孤独的自白里升腾的是一种悲悯。形成于八十年代的宏大叙述，在奥运会开幕式结成果实。这种解放的狂欢最后变为外在于人的幻影，可是这些存在又与普通人无关，个体生命与那个宏大叙述相脱节。从八十年代开始设计的解放的蓝图，后来却成了远离生命体温的存在，与普通人的生命距离遥远，历史被抽空了。杨庆祥遇到了一种华丽场景的陌生之途。他觉得自己不属于这些，那些外在的叙述，无法安放自己的灵魂。

接下来他要面临的问题是，外在的社会力量无情地裹挟着我们的时候，如何保持自己的独立性与社会情怀？如何进入生活并改变生活？这是八十年代以来就存在的问题。人们正在被一种异己的力量推动着，主体在哪里？民众在哪里？生命的路在哪里？80 后的青年该如何面对自己的未来？这在他是一种焦虑。他在颠覆旧的神话之后，面临的恰是如何建构自己的任务。

《80 后，怎么办？》一文，集中表现了他的忧虑。80 后的青年的精神困顿聚焦在这里。他们在自己的思想里抽掉了历史,与历史脱节的现象的确是普遍的存在。从许多80后作家的文本里,我们都看到了"轻"化的倾向。杨庆祥发现问题的严重性,因为他们绕过了历史与现实的本质一环,精神便变得脆弱了。我自己觉得,就判断力来说,新一代自然有比老一代聪明的地方。这既是环境使然,也是教育的结果。只是因为教育对历史的回避,把问题意识蒸发掉了。前代人把现代化当成使命的时候,却遗憾地遗漏了为何现代化的原因。前一代人苦苦摸索改革,有历史的必然,简单化对待这种必然是有问题的。杨庆祥羡慕前一代人有自己的主体意识,但他不知道那个主体意识下有多少苦难与之伴随。其实八十年代的作家,并非都与现实接轨的。他们也有弱化现实的现象,并且以虚幻的意识缔造自己的文学。这种断裂始之于八十年代末,一代人与现实的断裂就这样延续到今天。80后的青年对历史的拒绝,有双重原因,一是六十年间的惯性使然,一是对旧的历史叙述方式的厌恶。就后者而言,他们的书写与历史的脱节其实是无法表达的。我从那些文本里,也看到了一代人对虚幻历史观念的抵抗。

如果这种抵抗是从现实出发,那是好的。但以虚幻的爱欲来营造自己的世界,的确存在杨庆祥所说的问题。所以,与其说要清理80后的问题,不如清算50后的遗产。杨庆祥在同代人那里看到的痼疾,恰是八十年代研究的参照使然。在这个意义上说,对八十年代及之前的文学,我们反省得还远远不够。那个时代最珍贵的遗存我们保持得甚少,却把那些不成熟的、拙劣的存在延续下来了。当下许多娱乐文学里充满了对物欲与缥缈的爱意的追求,在那里没有过去,没有社会底层的痉挛,只是权贵社会的光彩与布尔乔亚的呢喃。

但是80后并非人们想象得那么简单。我个人的印象,他们中有亮点的不乏其人。在与历史脱节的时候,可能会在一种切断历史的话语里进入真的文化思考里。比如,木心出现的时候,批评界对此反应冷淡，但欣赏其文字的多是 80 后青年。王小波的读者，也是 80 后为多。他们能够接受那种纯粹的文本，至少没有受到六十年间文学理念的暗示。而像郎朗这样的艺术家，其世界视野里的爱意，是覆盖到许多领域的。80 后的存在也复杂得很，大概不能以齐一的理念为之。

像郭敬明的作品，在私人语境里是有效的，但在公共话语场域可能存在问题。这是 80 后作家的价值与短板。《小时代》固然存在自恋的倾向，但温情还是历历在目的。韩寒的作品一度是八十年代青年的象征性符号。他的敏锐和果决，以及潇洒的个性，都给当下的读者以快慰。他和郭敬明都享受着市场带来的荣誉，迎合消费者的心理，与旧一代的伪道学做对，都是他们可爱的地方。这是八十年代文化一种延伸的结果。他们在自己的空间建筑了一座属于自己的精神楼阁。不妨说，个性化的特点，在他们那里是生长出来的。

这些青年显示了八十年代遗产的多面性。所有的问题都在他们那里折射出来。但如果认为他们的问题只是全球化力量使然，大概是不确的。就像不能够把"文革"的灾难归结于五四一样。历史以善良的意志开始，但却不能都收获善良。辛亥革命与五四新文化运动均如此。所以，当杨庆祥追问 80 后怎么办的时候，我觉得，还不能回避的是，历史为什么建立在一个渴望现代化的起点？历史告诉我们，人类的合理生活的建立，要有代价。但不能因为有代价，就放弃了我们的追求。问题是怎么避免更多的代价。这一点，批评家的敏锐性与包容性都不可或缺。

80 后的青年其实面临两种遗产的负面值的纠葛。一是全球化的资本的力量对人的异化的问题，这被我们的批评家已经发现了。但还有一个负面值，那就是左翼文化的极端性给社会历史带来的暗影。我们的社会，是在"极左"的逆境中拨乱反正，进入现代化之途的。之所以选择今天的路，是因为过往的历史走进了绝路。今天的一些青年有一个幻觉，只注意一个负面值而没有意识到两个负面值，80后也许不能找到属于他们自己的表达式。

这两个负面值都在摧毁个性的生成，摧毁思想者的独思。杨庆祥的感受是从独思开始的，其批评文字所以被人关注，乃在于他与其他的 80 后的不同。但是，当他的文章流露出群体的概念里的倾向时，自觉不自觉回到了同一性的思维里，渴望一代人的一致性。这是一种矛盾。我自己一直没有解决好这个矛盾，至今也困惑于此。杨庆祥深切地触摸到痛点，他的《80 后，怎么办？》的动人之处与存在的疑点，也恰在此处。

在左翼传统里，有普列汉诺夫式的，也有列宁式。有鲁迅式的，也有周扬式的。杨庆祥是警惕"极左"思潮的，文化的问题不能在左翼单一生态下解决。青年的路，不该都在一个既定的框架里。80 后的批评家的劳作，同样应当如此。重要的不是齐一性的归类，而是寻找差异性中思想的增长点。80 后已经有了这样的可能。小资产阶级的情调泛滥是不好的，但比封建的奴才意识至少是一个进步。只是在面对小资产阶级的时候，要意识到其存在进化链条的一环，它也是阻挡封建逆流的存在体。在指出他们的暗区之外，还要看到他们对文化生态的积累的积极意义。在这个意义上说，80 后的问题是成长的问题，他们的曲与直，现在概括起来似乎为时过早。

我们这些在八十年代对真理渴求的人，在批评的世界回避了许多问题。其中主要用的是列宁主义式齐一性思维判断问题，而没有考虑文化差异的存在，结果出现了以含混的概念覆盖鲜活的个体的叙述逻辑，这是帝国文化的逻辑。80 后的批评家能够超出这个限定来思考问题么？如果他们还沿着"左"与"右"的脉络去对立地思考问题，那么他们还在旧的历史里。如果不在那样的语境里，文化的生态才可能变化。问题是，我们今天的文化生态是健全的么？新一代的批评家与作家是否寻找到了超越前人的资源？这倒是杨庆祥们要警觉的所在。

批评家的任务不仅仅是解释什么,也有戳穿事实的使命。杨庆祥的写作恰是这样的。我喜欢他的率真与磊落,也关注在批评中的那种洒脱的精神。我们今天的许多文化理念与文学作品的标识,都被一种合理的词语所包装。正人君子、社会贤达、思想者,都堂而皇之走在流行色的大道上。这个时候,尖锐的批评显得异常重要。现在,我们讨论80后的文学问题,让我想起过往的历史。五四后的中国文坛,讨论过类似的问题。茅盾、冯雪峰都涉猎到小资产阶级的内在矛盾性。杨庆祥在论述这些问题时,表达了相似的激情:

> 历史依然暧昧、含糊、混沌不分。腐败的语言和千篇一律的生活还在不停地重复。自觉的意识和结实的主体如何才能在这一片历史的废墟里面生长起来?
>
> 我想强调的一点是,无论是任何代际,任何地区,逃离社会历史都只能是一种自欺欺人。个体的失败感、历史虚无主义和装腔作势的表演都不能成为逃离的借口或者工具。

这是很真诚的自白,是"走出彼得堡"的另一种历史的回音。这个追问试图把断裂的历史衔接起来。杨庆祥注意到了鲁迅的资源,提出在"无路之处找出路来",是一种五四知识分子情怀的再现。五四之后,知识阶层呼吁到民间去,与社会互动起来,都是动人的一幕。但后来的路丧失了人的个性,个人的创造性消失了。所以,我个人觉得,在提出回到社会的时候,个性主义的保持对每个人而言,都是不能不珍视的存在。

80后应该怎么办,不仅仅是他们这一代的问题,也是我们这一代乃至全社会的问题,或者说是我们的文化逻辑起点的问题。在这个追问里,既要警惕全球化时代的负面值,又要提防革命时代的负面值,八十年代后出现的脆弱的个人主义精神链条,是要保护的。

80后许多青年已拥有了这样的传统。只是这个传统面临歧路的危险。在个人消失的时候，抵抗流行色显得异常重要，但在个人主义成了浅薄的利己与自恋的时候，关注"他人的自我"也应成为一个重要的提示。我们今天谈80后的问题，不能不上溯历史，近者乃八十年代，远者则绕不过一九四九。只有在这个框架下，才能看清青年人何以如此的原因。80后的问题不是一代人的问题，而是几代人的问题。这时，也只有这时，我们才会发现，解放的路，还十分遥远，我们没有历史的历史，已经很久了。

一场轮回中的对话
——读杨庆祥《80后,怎么办?》有感
徐兆寿

从西西弗斯在内心中否定宙斯权威的那一刻起,现代精神就由此确立了。无论是尼采,还是加缪,也无论是鲁迅,还是我们这些先锋精神养大的一代,都是在这样一种否定中站起来的。由此,现代以来的冲突便变成威权与我、我与自我、我与他者之间的多种对话、对抗与矛盾关系。人类的悲剧也是在这种反抗与拯救中诞生,且无法自拔。

对话由此开始,且漫长而永无终止。和解是难的。

父与子的亘古命题

在滚滚东去的黄河岸边,夕阳挥着巨笔正将裹着黄土的大水染成铁锈色。二十岁的我终于沉重地合上屠格涅夫的《父与子》。巴扎洛夫年轻而倔强的形象在汹涌的浪涛间时隐时现,像一柄剑一样顶在我的胸前。是命运之上站着悲剧之神,还是年轻的悲剧之神以死亡的最高方式扼住了命运的喉咙,由此而获得永恒的褒奖?

我不知道。我只觉得,有一股鲜血想要杀出我头顶,刺向悲剧般的天空。

那是1988年的某个时刻。那时我刚上大学。一种被弗洛伊德称为弑父的情绪正鼓舞着那个时代。先锋小说、新生代诗歌正当其时。我身陷其中。

同样是在那个秋天的下午，同样是在古老而凝固的黄河岸边，我读完了张承志的《北方的河》。当我合上他的小说后，我只记住了他是如何在黄河里游泳的铁汉形象。那个形象在浪涛里若隐若现，但他比起巴扎洛夫来说，似乎更让我勇气大增。

不用问，这一次，我很清楚，是命运之上站着希望和理想，是青春之神。

在屠格涅夫那里，年轻的一代抱着革命传统、建设新社会的理想。那是十九世纪中叶，资本主义、共产主义、民族主义以及各种主义开始勃兴的时代，人们对旧的社会充满了质疑，同时，对新的社会又充满向往。那个年轻的反叛者的形象鼓舞了俄罗斯和中国乃至世界的几代人。张承志也一样，1980年代是中国的青年对未来充满理想的一个时代。他在寻找新的力量与方向，而那个力量和方向也就是他寻找的父亲。古老的黄河成为他精神之父的象征。那是中华精神之相。

事实上，与传统对话、反抗、和解，永远都是人类轮回的行为。弗雷泽在《金枝》里已经探讨过这个不断轮回的现象。孔子以天为父，苏格拉底以新神为信仰。耶稣以上帝为父，而后世西方的哲学家和艺术家都几乎以上帝为父亲。形而上的父亲，始终成为人类追求信仰的唯一方式。西方的艺术、哲学甚至科学大多都是在与上帝对话的过程中完成的。歌德笔下的浮士德博士在上帝与魔鬼间徘徊，但灵魂最终归于上帝；康德仰望星空，也在寻找着上帝；牛顿发现了力学定律，同时也在询问第一动因时找到了上帝；罗曼·罗兰以贝多芬为原型塑造的约翰·克利斯朵夫在质疑上帝、反抗上帝，最后又回归上帝；陀思妥耶夫斯基笔下的人物大多也是与上帝对话的思想圣徒……

其实，中国又何尝不是这样。屈子有天问，就是以天为父；董仲舒有天人感应学说，明确了天父的地位；鲁迅笔下的父亲是病态的，中药未能救活他，所以，他东渡日本寻求西医，结果走上了精神救国的道路，他也在一直寻找形而上的父亲，但他未曾找到。鲁迅与后世中国学者的不同在于，他用西方的理论想拯救中国，但是"拿来主义"，非直接替换东方。故而鲁迅的矛盾也在于，他既否定中国的传统，又不以西方的上帝为父，于是，便进入无父之境。

有趣的是，无父状态恰恰又是整个世界现代主义乃至后现代主义的特点。其实，它也是整个社会主义的状态。但是，它仍然无法否定一个事实，即传统始终在延续、被打破、再延续的非线性方式中运行，它仍然在精神属于"父"的象征，而新的思想便在打破此种传统的先锋状态下奋勇前行，仍然乃"子"的象征。

所以说，父与子的矛盾、冲突、和解，是人类精神轮回的一个恒久现象。它尤以现代为盛。

80后的精英主义代表

由是，我们所经历的，80后也必然一一品尝。他们本身就诞生于一个弑父的时代，同时，大多数人又在无兄无弟和无姐无妹的孤独中自我成长。所不同的是，我们那一代人只记得我们的反抗，父辈们被强大的传统所淹没。他们往往数代人混同为一。80后们却一直面临父辈的质询、批判甚至轻视。

如果说韩寒以稚嫩的《三重门》提前实施了80后对父辈传统说"不"的行动，从而用尽了青春的力量去执拗地反抗传统，结果却迎来了前代人汹涌澎湃的"镇压"与"训导"。如果说郭敬明变换招数以柔软的方式，用才华、想象的外表，而拿前代人所唾弃的市场、娱乐、大众的实招来反抗传统，试图与前代人和解并获得认可，结果却迎来了父辈精英主义的激烈批判与否定。如果说他们代表的这样两种方式是80后与父辈们对话的显征,那么,我们只能暂时宣布它们以失败而告终。这个时候,另一种方式便自然诞生,这便是回到与自我的对话中。杨庆祥的《80后,怎么办?》应运而生。

从这一意义上说,杨庆祥是80后理性力量崛起的代表。

在《80后,怎么办?》中,杨庆祥一方面自觉与不自觉地用文学的方式回溯了一代人独特的成长与生存环境、特征、幸与不幸、欢乐与痛苦,以及他们与传统的种种认识、对话、和解,但最终将笔触沉入一种自我对话中。其实,与其说是要回答自我的发问,不如说,是想替一代人重新回答父辈的质询与责难。由是,他既放弃了韩寒那样一种简单、粗暴地否定传统、反抗传统、与传统对立的硬方法,又放弃了郭敬明那样一种娱乐为主的虚无主义的软方法。他以一种真正的知识分子的形象站立在时代前沿。

他代表了80后精英主义的诞生。同时,他也在自我否定同代人的命题中否定了韩寒、郭敬明所标示的两种符号,也由此在否定中完成自我的塑造。

值得关注的是杨庆祥的身份。他是在共和国教育体制中一步步被规训完成的,成为一位当代文学博士,并身居中国人民大学教职,很快以优异的成绩升为副教授。他成为体制主流中的代表性人物。他的一系列批评和他所主持的联合文学课堂都成为这个时代文学界的80后主流话语,参与整个中国的主流话语表达。但另一方面,他又表现出对传统的强烈不认同感。在他的批评中,突出地表现了一个未被知识、体制和传统完全规训的反叛者。他在评论前代作家作品时,总是与50后、60后甚至70后(勉强用这种不恰当的代际划分符号)保持了距离,并发出犹疑、质询甚至反对的声音。

除了学者、批评者的身份外,杨庆祥还是一位诗人、作家。

他的诗歌仍然表现为精英主义的立场,从这一点说,上接了前辈人的理想主义精神，但又表现得无助、迷茫，突出了作为 80 后一代人所特有的精神气质。

他在批判，用我们熟悉的那种理想主义形象。他出版了一本随笔集《80 后，怎么办？》。从题目上看，此时的疑问不是面向前辈人的批判，而是面向同代人发问，与同代人共同探讨。一种担当精神油然而生。这部书写于 2011 年至 2012 年。2013 年《天涯》第 6 期发表部分章节，题目改为《希望我们可以找到那条路》。题目变得温顺而光滑，但文章的批判精神和精英主义立场在字里行间发着光辉。

赞赏他的人不单单是 80 后，大多还是前辈人。阎连科、钱理群在内的诸多学者、作家以及普通读者曾撰文激赏。毋庸置疑，前辈人有力地支援了这个小个子美男子，对这个与他们有着同样精英立场的 80 后表现出共同的兴趣。在内心深处，他们可能以为自己找到了接班人。在这一点上，两代人握紧了双手，共鸣之音不绝如缕。

80 后是失败的一代吗

然而，杨庆祥带来了一个巨大的命题。作为 80 后自己人，他竟然把一代人定义为"失败的一代"。在他的词典里，那些历史虚无主义、虚假的抵抗、小资产阶级之梦等前辈人砸向他们这代人的冷词，他都一一领受。他在向传统握手的刹那，便向着自我开战。

这种勇气是可褒可嘉的。这是新生的时刻。现代主义的表现之一便是自我的冲突。这种冲突竟然在杨庆祥这里以一个人向一代人发生冲突。可以想象，他是站在一代人的潮头，向着滚滚时潮发表演讲的弄潮儿。从五四以来的这一形象他自愿认领了。

又一个轮回正在完成。作为不同代人，我们不得不重新来理解这一代人。

中国从清末开始卷入西方殖民主义的枪炮中，被迫学习西方。此番西游再也不是和尚与妖魔鬼怪的战斗，而是现代主义的理性之战。鲁迅、胡适等从西方取来的经卷是进化论、科学主义、自由、民主、两性平等、爱情等等,那上面写着上帝、苏格拉底、柏拉图、弗洛伊德、马克思、托尔斯泰等人的名字。孔子、老子、庄子、释迦牟尼的形象被一一抹去,新的形象矗立在中国人的心上。尽管中华人民共和国建立了,但我们都承认一点,我们的文化衰败了,需要新的建设。不仅是我们,整个东方的文化都衰败不堪了。

80后就是在世界主义在中国铺张的时候诞生并开始成长的。他们接受的再也不是托尔斯泰、巴尔扎克,更不是保尔·柯察金、高尔基,而可能是村上春树以及日韩的动画片。他们一开始看的电影不是张艺谋、陈凯歌这些"土包子",而是奥斯卡,是那些前代人听都未听过的小众电影。他们在电视机前慢慢长大,视听语言培养了他们的眼睛与耳朵。他们在肯德基旁徘徊,那些散发着浓郁的酱油味的食物和速溶剂让他们的胃忘记中国这个故乡。他们中的一部分人在城市里长大,没有兄弟姐妹,所以,他们始终孤独若荒岛。他们的很多人开始走向世界,没走的人也总是向世界张望。

有一个莫名的中心在呼吸着他们,那便是世界。而世界是谁?在哪里?他们不知道,但可以确定的是在西方。日本、新加坡都是西方的一部分。那里是崭新的,矗立着金山的。

他们唯一不留恋的便是故乡中国。这似乎是那一代人留给我们的总体印象。但这能怪谁呢?整个的1980年代是一个向世界学习并模仿的时代,父辈们营造了那样一种向上的理想主义的精神氛围,他们只能呼吸着那样的气息长大,但他们有他们的选择。父辈们兴高采烈的生活可能恰恰是他们所厌倦的,父辈们宏大的目光未曾关注到的细微处恰恰是他们热衷的,父辈人高谈阔论理想主义,而他们恰恰关注物质主义,父辈人一味强调国家主义,他们可能恰恰热衷于个体主义,因此,在某种程度上说,他们是厌倦1980年代的。他们可能是反着生活的。这恰恰符合生活和历史的逻辑。在那些孤独的时刻，他们对这个时代是多么地不满。成长的孤独与青春期的叛逆，促使这一代人与父辈们分道扬镳。

这就是父辈们觉得他们不是想象中的他们，诸般埋怨投诸报端。他们也被称为"垮掉的一代"。80后也就这样被硬生生地创造了出来。比起70后、90后甚至00后，80后是真正可以用年代来命名的，而其他的什么后都不过是其复制品而已。

这就是杨庆祥心中"失败的一代"的种种表征。它响应了前代人的判断，终于与传统开始握手和解。正是因为这样的一种自我深省，所以，这种低姿态的反省才会获得更多的尊重、理解和掌声。

其实，这一天迟早要来。若杨庆祥不来，马庆祥也一定会出现。他是代际轮回中的一个链接者。

要相信80后

作为一个1960年代末生人，我赶上了1980年代理想主义的洪流，在那儿也染上了宏大叙事的疾病。同时，我也赶上了市场经济这股所谓的世界主义的泥沙俱下的漫漶巨流，在那里也淘濯了心中的精神主义，并且备尝了失败的顿挫感。我不能说在那时找到了坚强的信仰，事实上，我一片迷茫，对一切都怀疑，只是那一具精神的躯壳不愿意倒下而已。

在一定意义上来说，我们与80后是同体悲喜的。我们也没有多少本质上的差异。我们与他们不过是完成了人的多个侧面而已。早在2004年，在我写作长篇小说《生于1980》时，我就有一种说不出的无奈感。我在想，事实上80后正在像我们所曾经想象的那样在生活。他们就是我们的某个相一样。在它出版之后，我们那些60后、70后曾经与80后进行过热烈的讨论。长辈们总是以过来人的口气想教训年轻人。这是亘古不变的口气。但年轻人也总是以反叛者的姿态对长辈们说，不。

在那一次长达三天三夜的对话后，我曾经写下一段话："每一代人都有他们自己的成长史、青春期和完成时，当年美国的老一辈骂'垮掉的一代'时，他们未曾想到，正是那代人，将美国带入独霸世界的尖端。中国的 80 后，从一出生就与前所有代人不同，独生子女、电子保姆、动画片、影视语言、改革开放、市场经济、大众文化、网络、世界……我以为，他们是真正能改变中国命运的一代人。"

今天，我仍然愿意对杨庆祥 80 后重复这段话。

反讽者说：回应"80后，怎么办"

黄 平

> 我所写的一切，其论题都仅仅是而且完全是我自己。
>
> ——克尔凯郭尔

如果未来的中国有一部自己的《光荣与梦想》，在 2013 年度的回顾中，不会绕过杨庆祥的《80 后，怎么办？》。在我看来，《今天》2013 秋季号以头条的方式刊发这篇文章，无疑是一个意味深长的文化事件。三十岁的北岛，在《今天》创刊号（1978 年 12 月 23 日，又见《诗刊》1979 年第 3 期）发表《回答》，抒发出当年一代青年的呼声。后来的《今天》和北岛先生一起去国远游，更为注重深邃、隐微的学术品质，渐渐远离了喧嚣的历史现场。而《回答》发表时尚未出生的杨庆祥的《80 后，怎么办？》，将成长于"改革"岁月的青年的呼声，再一次燃烧在"今天"的纸面上。

《回答》的故事是"个人"与"世界"的疏离，青年不再匍匐在太阳的光芒下，而是带着浓重的怀疑，带着笔、绳索和无法被抹去的身影来审判世界——我觉得在今天尤其值得补充的是，"我"在《回答》中是站在"世界"之外来展开审判。这个巨人般的"个人"尽管面对庞然大物，但战意旺盛，高度自信，因为他自认代表未来的道路，而这庞然大物腐朽不堪。"新的转机和闪闪星斗"就在远方，那是"未来人们"（岂不正是杨庆祥这一代？）凝望的眼睛。而在《80后，怎么办？》这里，杨庆祥感慨的是"个人"与"历史"的疏离，其中的一句话就印在今天的讨论海报上："我们获得的是锁链，我们失去的是整个世界。"

发生了什么？让我们进入《80后，怎么办？》的文本内部来讨论。其线索，是杨庆祥讲起自己的租房经历，讲述自己与同龄人作为"局外人"的充满失败感的生活实感，从这种失败中，反省一代人的历史虚无主义，即"无法找到历史与个体生活之间的有效的关联点"。作者进一步检讨韩寒式的抵抗，认为这种抵抗不过是"历史虚无主义"的另一种化身。由此作者在文章最后部分尝试穿透历史虚无主义，追问一代人的历史身份，我们是谁？这种历史追问伴随着对于流行的"我们是谁"的小资产阶级答案的批判，吁求一代人从"小资"的迷梦中惊醒，回到真实的历史之中，"80后才有可能厘清自己的阶级，矫正自己的历史位置，在无路之处找出一条路来"。

作为一篇文学性的历史分析，杨庆祥在《80后，怎么办？》中交叉讲述了三个层面的故事：自己的故事、同龄的郭敬明与韩寒的故事、文学作品中的故事（《新星》《乔厂长上任记》《平凡的世界》《家》《毛坯夫妻》《隐身衣》）。从我个人的感觉来说，我最喜欢第一个层面的故事，这不仅是由于我曾经在杨庆祥租住过的三个房间之一借宿，有亲历的体验，更是由于我和杨庆祥是"同时代"，作为同班同学，类似的学习与工作轨迹，类似的生活城市，使得他所描述的一切我感同身受。不过，当杨庆祥将自身的经历作为"材料"，在此基础上构建分析的框架，总体性地讨论80后的历史处境与精神困境时，我觉得在"个体"与"总体"之间要稍做停顿。

我的批评，也即文本深层的一个断裂是：当杨庆祥讲述完第一个层面的故事即自己的故事时，他的叙述视点跳到了80后的外部，而这和该文所意指的 80 后讲述 80 后的故事不符。换句话说，杨庆祥的分析尽管从自身的经历出发，但分析框架是预设的，从自身出发只是使得这种分析显得具备"真实性"。当他转而讲述郭敬明、韩寒以及"小资"时，他的分析框架高度内化着如李陀教授或其他学界前辈的分析，类似于《〈波动〉序言》对于"小资"文化领导权的讨论。而我提出的不同意见是：讨论 80 后，要从 80 后内部来讨论。

何为"从 80 后内部来讨论"？难道其他年龄段不能讨论 80 后，难道 80 后中的杨庆祥或我自己不能借助那些先在于 80 后的思想资源来理解自身？为了避免类似的误解，让我用直接而笨拙的笔法讲出我的意思：从 80 后自己的故事出发，理解 80 后所追逐的周星驰电影、王小波小说、韩寒杂文所反映出的 80 后一代的情感结构，这和理解三十年前的青年要读《回答》而不是《王贵与李香香》是一个道理。杨庆祥笔下那个开着汽车带老婆去看文艺电影的青年不一定叫"小资"，我更愿意叫他"反讽者"。哪怕他还穿着一件英伦范的风衣，汽车碾过的是雨后沙沙铺满落叶的林荫路，后座上还要坐着两个孩子，他依然不一定叫"小资"。我有我的自信，因为这个故事正是我讲给庆祥的，这个 80 后过着小资的生活，却未必陷于小资的迷梦。表面和内在的东西并不一致，无论是生活，还是反讽。

由此回到杨庆祥的叙述"跳角"的时刻，他在第二部分开篇，讲述了一个孟繁华与陈富民两位老师迷路之际高歌样板戏的故事，这种"历史与生活的同一性"让作者惊羡。与之对比，我开车迷路的时候，哼唱的是《大话西游》主题曲《一生所爱》，"天边的你飘泊白云外"，我觉得这是我的历史。为什么样板戏是历史，而《大话西游》不是，或者为什么"我家的表叔数不清"比"天边的你飘泊白云外"更历史？

80 后一代的历史性，不是"戏谑"这种印象式的描述可以架空的。用"局外人"来描述戏谑的 80 后时，我想到的是加缪的《局外人》与克尔凯郭尔的《论反讽概念》。让我把意思直接说明：80后一代有深刻的历史性，只是这种历史性只有从妥帖80后的理论框架才可以发现。

外在于80后的哲学，是黑格尔式的总体性的哲学，这种哲学构建整体性的图景（规定的历史道路），在"普遍人性"的框架中来理解个人。而内在于80后的哲学，是克尔凯郭尔式的个体性的哲学，黑格尔还是克尔凯郭尔的分别，正如《黑格尔还是克尔凯郭尔》的作者京不特所精彩概括的："关键的分界在于：是'个体的自我应当被解读作世界发展史整体中的一个环节并因此被融合扬弃于普遍人性之中'，还是'个体自我应当与自己发生直接关系并且将自己与那普遍的区分开以发现自己的本真存在'。"

克尔凯郭尔对于黑格尔的讽刺很妙：他认为黑格尔将自己视为世界历史的总指挥，没有更多的时间去操心别的事，而只是用国王般的眼神瞥着列队等候检阅的各种现象。克尔凯郭尔回到古典哲学，回到黑格尔所批判的不是"思辨的哲学"而不过是一种"个人行为"的苏格拉底。克尔凯郭尔通过对于苏格拉底哲学的精彩讨论，揭示出作为一种世界历史中的精神运动的反讽。克尔凯郭尔不回避社会历史分析，他认为反讽恰恰是"每个世界历史性的转折点"的产物："在所有这样的历史转折点上都有两个值得注意的运动。一方面，新的事物必须出现，另一方面，旧的事物必须被排斥。"正是在这样的历史关头，我们和反讽者相遇："对于反讽的主体来说，既存的现实完全失去了其有效性，它成了处处碍手碍脚的不完善的形式。但是另一方面，他并不占有新的事物。"

杨庆祥也触及了这一"不占有"，他对80后的历史虚无主义是如此分析的，"因为无法找到历史与个体生活之间的有效的关联点，所以不能在个人生活中建构起有效的历史维度，另外一方面'暂时性'的参与历史的热情又不能持久和加固，这一切导致了一种普遍的历史虚无主义"。但问题在于,他把这种"不占有"具体化了、政治经济化了,《80后,怎么办?》从自我的精神困境入手,进入到社会结构的分析,这也是左翼分析的常见理路。对于"虚无"的80后,杨庆祥所寄托的是充满历史能量的"无中生有",要找到自己的路,最终"占有新事物",也即《国际歌》所唱的:不要说我们一无所有,我们要做天下的主人!

这是一种在80后外部的号召,然而这种重复历史的号召我担心是无效的。回到中国的历史现实,80后的成长岁月——"90年代"——源自大历史的裂变,"呐喊"式的历史抗议已经无法重复自己,第一次呐喊是悲剧,第二次呐喊则是喜剧。我们——不仅是80后,是所有人——是背着巨大的历史重负,像心头压着一座坟一样开始我们在90年代的生活,当生活在痛苦的彷徨中选择继续下去的时候,"故事新编"的时代到来了。克尔凯郭尔说得多好,"有一个原则不适用于上帝,但适用于人,那就是:从无中产生的是无"。在意义的巨大空洞中(一般被描述为宏大叙事的瓦解),一个"无聊"也即匮乏终极意义的时代到来了,"无聊是反讽者所具有的唯一的一个连续性。无聊,这种空洞的永恒,这种毫无乐趣的幸福,这种浅薄的深刻,这种饥饿的饮食过度,然而无聊却正是纳入了一个个人意识中的消极统一,在这种统一中,所有对立都烟消云散了"。

克尔凯郭尔认为反讽是与"无"无限轻松的游戏。"在反讽之中,万物被看作虚空,但主观性是自由的。万物越是虚空,主观性也就越是轻盈,越是无所牵挂,越是轻快矫健。当万物皆成虚空之时,反讽的主体却不感到自己是虚空,其实他拯救了自己的虚空。""虚无"来自核心价值的空无,缺乏核心价值的维系,共同体碎裂出个人,个体以反讽拯救自我。"反讽所关心的不是事物,而是自己。"不能想当然地将其理解为自私,反讽者并不是践踏他人以成全自己,而是将世界视为空洞的存在。反讽者，是一个孤独的个人，孤独到无法感知自我的孤独。

无疑，克尔凯郭尔认为，"就反讽与现实的关系而言，反讽的趋向在本质上是批判性的"，不过这种批判与左翼、右翼的批判都不同，反讽者没有志趣去构建一个新的理想国，反讽的个人也不同于"我不相信"的个人，正如反讽不同于怀疑（怀疑也总在假定某种东西），"在反讽之中，主体一步步地向后退，否认任何现象具有实在性，以便拯救它自己，也就是说，以便超脱万物，保持自己的独立"。通过反讽，反讽真正的目的是想感受到自由，"现实对他失去了其有效性，他自由地居于其上"。

历史裂变所催生出的漂浮的 80 后一代，所对应的美学就是反讽，也只能是反讽（我不想把反讽完全归于 80 后美学，莫言在写于 80 年代和 90 年代之交的《酒国》也是反讽性的，更不必说在《酒国》之前他写了一个武侠沙家浜，四万多字的中篇《武林高手》）。归根结底，既不是历史的主人，又承担着历史的重压，只能通过反讽的叙述来逃逸。《大话西游》以"空"（一个隐喻性的细节是，菩提洞取代了关乎西天取经这一历史目的的水帘洞，也取代了关乎个人情爱的盘丝洞）悬置了神佛的意志，将西天取经变成了西绪弗斯式的存在主义之旅，这部电影成为一代人的精神宝典绝非偶然。当然，真正代表一个时代精神气质的还是王小波那更为精妙、复杂的小说，我就举王小波《革命时期的爱情》为例。这部小说的叙述貌似混乱：叙述人我一方面在讲王二的故事，一方面在讲"我"的故事，几章后叙述人"我"又声明自己其实就是王二，但在声明后他依然以第三人称的方式继续讲王二的故事。

也许只有让自己像反讽者一样漂浮起来，才能真正读懂王小波。在上个月去香港的飞机上，我一方面重读《革命时期的爱情》，一方面想着华东师大的同学们的邀请：他们请我讲一次村上春树，现在的学生对村上的喜爱超过任何一位在世的中国作家。对于村上的讨论，我最佩服小森阳一先生的《论〈海边的卡夫卡〉》，这还是读博的时候庆祥推荐给我的。两条线连在一起，突然间恍然大悟，王小波就是中国的村上啊，这不仅是他们在青年中同样地流行，更是同样以"轻"来救赎历史的重。从这个思路回头读《革命时期的爱情》，这部小说才真正被打开了。叙述人为什么要用第三人称讲自己的故事，我在《论反讽概念》中发现1841年的克尔凯郭尔早就说明白了，他分析施雷格尔的《卢琴德》中的莉色特：

"总的来说，她最喜欢以第三人称来谈自己。不过，这不是因为她在世上的作为像凯撒的一生，具有世界历史性的意义，以至她的生命不属于她自己，而是属于整个世界，不，这是因为这个过于的生活（vita ante acta）过于沉重，以至她忍受不了它的重压。"

同样，在"我"也即王二的童年故事中，"我"一直强调参加武斗是基于对发明创造（比如投石机）的热爱，将武斗场景刻意陌生化，也是以"科学"为自己画出一块纯粹的历史飞地，维持着自己局外人的角色。王小波有句流传很广的名言：一个人只拥有今生今世是不够的，他还应该拥有一个诗意的世界。所谓诗意，就是诗意地创造自己，将自己从污浊的历史中脱离出来。还是克尔凯郭尔的精彩论断：

"反讽所追求的就是这种自由。它总是小心翼翼，唯恐有什么印象令它倾倒；只有当人如此逍遥自在之时，他才能诗意地生活。众所周知，反讽所提出的最高的要求就是人应该诗意地生活。"

作为80后，我希望我自己与庆祥的不同，在克尔凯郭尔与黑格尔的不同中来理解。这不是说我们狂妄地与先贤比肩，而是只有在伟大的知识传统中来理解，才可能深度地打开80后的问题。否则我们讨论80后，第一容易变成诉苦的大会，那将是报纸上的副刊版；第二容易变成通过80后讨论时政的大会，那将是报纸上的社论版。

无论诉苦还是时政，大家都有太多话要说，但很难有真正的对话，对话也会滑到立场之争。我希望我们的讨论无疑是在知识传统中讨论，而且不要变成同一个知识脉络（无论是新左翼、自由主义、民族主义、新儒家还是个人主义、存在主义之类）的单声重复，而是不同知识脉络之间诚恳而严肃地对话。这貌似是常识，但对于今天的知识界，委实太难了。

我的大致意思就说到这里，为什么反讽者无法占有新事物？这是政治分析，我缺乏勇气也更缺乏知识能力来处理这个问题。我只知道在体制闭合、社会板结的态势下，在我所谓的"参与性危机"（我在一篇谈王朔的文章《反讽、公共体与参与性危机》中谈过这个概念，在此不赘）没有根本解决之前，80后就是反讽者，这是一代人的精神底色。一切总体性的理论设想，必须要经过反讽的过滤。请允许我罗列我所理解的80后的关键词：个人、反讽、虚无、喜剧。迎接中国式"90年代"的个人出场的，不是悲剧的诞生，是喜剧的诞生："反讽既是一个新的立场，与旧的希腊文化势不两立，又是一个不停地自我扬弃的立场，是消耗一切的虚无，是永远捉摸不定的东西，同时既在又不在，而这归根结底是喜剧性的。"

没有办法回答反讽好还是不好，反讽只是中国历史的一个特别的环节，它包含各种可能性，但自身没有内容。取代反讽的可能是各种各样的精神维度，但要想超越它，必须先穿越它。毕竟，"一种真正的、名副其实的人的生活起始于反讽。"

在繁华盛世中，我们这代人就是这样面对着"无"。这不是思辨的无，思辨的无包含着具体化的冲动；也不是宗教的无，宗教的无如黑夜的缄默对信徒而言是高声的呼唤；这是反讽的无："反讽的无是死寂，反讽在这种死寂之中徘徊，像个幽灵，开着玩笑。"这大概是马克思自己都始料不及的另一种含义：人类总是笑着同自己的过去告别的。

我们这个时代的誓言与殉情
——读《我选择哭泣和爱你》

戴潍娜

很多年里，除了我们几个"太阳石诗社"的老家伙，江湖上鲜有人知道杨庆祥写诗。说起当年的太阳石诗社，真可谓怪才云集：如今风靡网络的北大万能文艺青年彭敏、海淀身残志坚的四大才子之首何不言、写古诗"不知春色不伤神"的段莹、长发飘飘取名字语不惊人死不休的顾城以及后来接班，一手将社团经营破产的任牧、张学振等等。我大一时因为诗社组织的一次诗歌比赛，懵懂入伙。此后经年，不能自拔。大约是在某次例行的诗社夜游中，我结识了当时已是研究生的杨庆祥师兄。与其描绘他当年的青涩样貌，不如去看他的近照，十几年过去了，杨庆祥几乎没有变化，像一个永恒的少年郎——这一点，还属我们共同的好友蒋一谈率先发现。犹记得太阳石诗社失散多年后的第一次重聚，他一身时尚走进饭厅，表情亦正亦邪，像极了当年正在热播的"快乐男生"。

杨庆祥虽萌态可掬，却自带威严。他早早成名，被冠以80后著名评论家、著名青年学者等名号，然而作为老友的我，却时常忧虑，外界加诸的光环，反而对他形成了某种妨碍，掩盖了其自身的光彩。好在，最近他出了新诗集，他的诗歌不会撒谎，这些诗歌把这一切

title 剥去了，让我们看到一个更加纯粹的、精神本质上的杨庆祥。一首诗歌可以让一个人精神深处的内在活动暴露无遗，一首诗歌永远不会撒谎。我后来听说，杨庆祥的诗歌是从他 14—18 岁间爱过的姑娘开始，也许他的诗集就是他个人的一部爱的历史。而爱的历史，囊括了人类全部的文明史。杨庆祥自认他跟诗歌的关系是"誓言"的关系。真是如此，这些句子纷纷替他签署了他跟世界的盟约。他的诗集里，有两个关键词，一个是"哭"，一个是"爱"。在我的理解中，爱乃是誓言，哭则指向殉情；或者说，杨庆祥诗歌当中深情的部分，代表着我们这个时代的誓言，伤感的部分，则代表着我们这个时代的殉情。一部《我选择哭泣和爱你》，有心之人必能品出其中失败的甜蜜。诗歌当中的杨庆祥，则是一副既深情又薄情的形象——一种乖巧的、惹人怜爱的薄情；一种清脆的、不忍用度的深情。他是一个把祖国当成爱人、把爱人当成祖国的诗人，由亲密私语衍生出一番忧国忧民。"祖国"跟"爱人"这两个概念被他不时地置换，如同一双不锈钢健身球，灵巧地转动于手心。我不由地联想起巴勒斯坦诗人达尔维什的诗句："我们有一个祖国/它没有疆界/就像我们对未知的想象/它狭小而宽广。"

　　古典的韵律节奏，配合了一副现代人爱恨别离的面孔，这是杨庆祥诗歌别出心裁的形制，也是杨庆祥有别于当代众多青年诗人写作的特质。他似乎在以一种放弃的姿态去写作，诗集中我读到这样的句子——"现在写的每个字都是为了腐朽"。很多时候，诗歌就是降临，听说杨庆祥的诗歌都是几分钟之内的灵光速写，如果在这几分钟里，他和他的诗歌没有达到彼此彻底的信任和交付，诗人会迅速放手，一首未完成的诗被弃至虚空，永不回生。与之相对应，杨庆祥同样在以一种放弃的姿态去爱，有诗为证——"命运禁止我们爱"。其结果是，如此这般的双重放弃，最终引向一个越发深情的写作和爱的深渊。

"他者心",或者说对他人痛苦的感知,乃是一种天分。杨庆祥天分高,他对陌生人的痛苦,有着非凡的体验。印象深刻的是,他曾经讲过一个真实的故事:有一回,坐 4 号线上班的路上,他看到对面有一个女孩子拖着行李箱,一个人在流泪,默默的,没有表情,也没有纸巾,就那么看着窗外。他不知道她发生了什么,但一定有特别的伤心。他很想去抱他,但不敢,怕被当成耍流氓。诗人与她,近在咫尺,中间只隔了一个行李箱,却对彼此的悲伤无能为力。尽管那一刻,诗人心里有非常多的怜悯和爱,却只能默默相送。这是多么动人的一幕,让我一下子想到去往维冈码头的当年的奥威尔。年轻的奥威尔受一家左翼出版社之托,去维冈码头考察大萧条中工人阶级的状况,他描述自己坐在一列火车里,正值三月,天气仍极度的严寒,外面都是废铁、钢渣,还有肮脏的雪,以及各种破败之景。这时,他突然看到一个年轻姑娘,跪在石块地上,穿着非常破烂,脸上是贫民窟姑娘特有的憔悴。她跪在那里捅水管!一个二十多岁的人看起来竟像是四十岁。这时,姑娘抬眼看了一下坐在舒适车厢里的奥威尔。这一刹那,作家见到了惊心动魄的人间苦难,他写道:"我在她脸上看到的表情并不是一头牲口的无知的忍受。她很清楚地知道自己的遭遇是什么——同我一样清楚地知道——在严寒中跪在贫民窟后院的脏石块上捅一条发臭的排水管,是一种多么不幸的命运。"

两个故事异曲同工之处在于,诗人/作家被他人的苦痛所深深刺痛。这是创作者的宿命。诗人天然承受双重的苦难,一方面,他跟任何一个普通人一样,在经受着各种各样的痛苦,就像严寒冬天捅水管的贫民窟姑娘一样,他清晰地知道自己内心的悲惨;另一方面,诗人的他者心,又令他即便坐在豪华列车包厢抑或回家地铁上,都能够透过车窗看到别人流泪的眼睛。他注定承受双重的灾难,他同时承载着火车里的奥威尔和通水管的姑娘双方的悲惨命运。

既然世界是一个大病房，我们都处在一场巨大的病症当中。哲学家们以他们精神病式的话语为这个世界疗伤，诗歌则用一种秘密的言语为自我及为这个世界疗愈。文学起源于巫，巫医不分家。那些咒语、谜题、口诀，它们不解释，它们是言说语言的语言，仅仅凭借其音韵就可以感染人、救治人。所谓诗无达诂，诗歌中那些晦明不定的词句、律令，也往往借由难于言明、无法揣度的神秘之途，完成了对人心的疗愈。杨庆祥虽怎么看都不像吃素念佛戴手串儿的居士，可他却与佛有着一般人难以企及的天然亲近，这种亲近简直令人嫉妒，他竟胆敢唤菩萨"姐姐"！而我们的菩萨一点也不生他的气，还在他的诗中频频亮相。他似乎很容易就领会到了佛陀的心意，就像他随时能怜悯到陌生人的困境。如此这般的天生灵慧，让他甚至不必多做功课，就能课业精进。这些年，他送过我不止一本手抄心经，也时不时忍不住从批评家的角度，文本细读佛经之精妙不可言传。我当下震惊于其慧根之深，而他诗歌中，我最喜欢的也正是那些写菩萨的篇章。

诸如"我所能消耗的/不过是菩萨的好怜悯/我所能寄望的/不过是君心似我心"这般的佛性的抒情，构成了杨庆祥诗歌的独特嗓音。在杨庆祥的这些抒情诗中，相爱是唯一的不朽，爱情是终极的修行。像我这样，读多了节制的现代诗，偶尔读到"把眼泪给了该给的人，就可以死了"这种句子，还是会内心一颤。现代诗歌当中，"抒情"与"反抒情"可能是一场永恒的战争。如果以古典诗人的眼光看，现代派诗人所有抒情，恐怕都是反抒情。而中国古诗词的本源就是抒情。"诗可以兴，可以观，可以群，可以怨"。倾注笔端的辞令，多来自无限的欲望和无尽的滥情。执意要让诗歌不去抒情，就好像不让猫去吃鱼一样。你要寻找一只不爱吃鱼的猫，最后只能找到虚伪的猫；如果禁止诗歌抒情，那么也只能寻找到不真诚的诗歌。

事实上，本雅明很早预判到了诗人作为一个"审美主体"自身角色的转变。他在《发达资本主义的抒情诗人》中，详细分析了诗人波德莱尔与以往诗人的不同，诗人开始了对美的造反和暴动，他很可能是一个拾荒者、流浪汉或者潜在的起义者。就此，诗人的身份发生了变化，他们不再是抒情的歌者。上帝死了之后，现代派艺术纷纷登场，超现实主义、达达主义、未来主义的艺术家们都在宣言中远离了抒情。1913年，以俄国诗人赫列勃尼科夫与马雅可夫斯基为首的未来派发誓"要给社会趣味一记耳光"，狂妄地宣告"要把普希金、陀思妥耶夫斯基、托尔斯泰等从现代轮船上抛进大海里去！"1924年，法国作家布勒东在《超现实主义宣言》中为超现实主义下的定义是："超现实主义，名词。纯粹的精神的自动主义，企图运用这种自动主义，以口语或文字或其他的任何方式去表达真正的思想过程。它是思想的笔录，不受理性的任何控制，不依赖于任何美学或道德的偏见。"某种意义上，鲁迅的《野草》也有反抒情的成分。这一代诗人，都是在这样一个现代派的传统之下成长起来的，诗人们也因而拥有了更多不同的身份。如今重新讨论抒情的话题，绝不是鼓动反智，而恰是一种对传统的重新择选。

真正地活着，不就是一次次胆敢重新选择吗？诗歌是存在最热烈的见证。杨庆祥的诗歌，努力找回那失落已久的古典士人"哭"的传统。一声声一行行长歌当哭，闻者伤神，片刻，又转身赶赴下一场飨宴，一如奈保尔所言，"生活如此绝望，每个人却都兴高采烈地活着"。

作为写作伦理的"哭泣"与"爱"

卢 桢

翻开杨庆祥的新诗集《我选择哭泣和爱你》，便能看到扉页上两行文字，如箴言般穿透了凝结在北京上空的重霾，仿佛在对我们所安居的时代以及不同代际族群面临的文化隐喻做出整体性的告白与回应。联结"历史—心灵—美学"的思维逻辑，两句"命名之诗"唤醒了我们对《双城记》经典开篇的记忆，而诗集的英译名"to cry or to love"又应和了莎翁的佳句"to be or not to be"，并清晰地呈现出一组悖论：是中文名称的"哭泣和爱你"，追求意义的平衡，还是英文译名中的"哭泣或爱你"，使后者形成对前者的提升与超越。"和""或"之间，也许正纠结着写作者内心深处难以调和的虚无与悖论。

在杨庆祥那篇引起广泛关注的《80后，怎么办？》中，他已意识到个体与时代关系的种种乖谬。一部分人延续着青春期的幻灭意识与焦虑情绪，又时刻伴随着中年人的生存危机感，在患得患失中异化为端着保温杯的"油腻"一代。如阎连科所说"几乎没有反叛的地方"，也缺乏反叛的机会，这无疑是巨大的失败。也正是在这个意义上，"新伤痕"来源于杨庆祥切身感受到的、难以纾解的失败感，它既是 80 后一代的共同处境，亦可作为当下国人共同面对的，由国家转型所带来的集体精神之殇。早在十年前，杨庆祥已试图在诗歌中言说人与历史的错位感。他的《翠花不是花》一诗中塑造的抒情女主人公，其个人成长的私人历史所对接的，正是中国轰轰烈烈的改革正史。"翠花"看似自发的命运抉择，如她的进城、务工、创业乃至阅读史，实则都没有摆脱社会秩序对单一个体的预设乃至安排。不仅仅是"翠花"这样的 80 后，不同代际的人群无论是 50 后、60 后还是 70 后，都和"翠花"一起经历了中国由政治话语主导向商业话语主导的文化流变，在心理和情感结构上交集颇多，在杨庆祥看来，这就是"新伤痕文学"之所以出现的重要历史语境。与传统意义上早已被文学史经典化的"伤痕"文学相比，"新伤痕文学"更注重时人与当下文化语境的关系，对他们的精神与文化状态的持续关注，构成"新伤痕"的精神基点。

唤醒这代人的痛感——这是诗集带给人最初的阅读感受。很多时候，商业文化和媒介文化控制了我们的思维和行动，庸众们在一个缺乏具体目标的现代化愿景许诺下，被动调整着自我的心灵节奏以适应时代的主流速度。每个人的经验趋于同质，甚至连痛苦也成为一种可供消费的、千篇一律的"产业"。大众媒体如生产线一样制造着一个个廉价的"痛感"产品，它对痛感的人为塑造和定向展示使其被符号化为一种精致的幻想，个体即使产生被压迫的自发痛感，也很难厘清其负向来源，但凡滋长出反抗意识，往往也空有姿态，无法定格那个漫漶不清的施虐者之所在，只能向空气挥拳。如杨庆祥写于求学年代的《杀人游戏》一样，宿舍好友在"杀人游戏"中不断体验着警察、法官、观众、杀手的角色，人们在施虐者与被虐者身份之间随时切换，时而扮演无辜的平民，时而充当杀人的罪犯。游戏的架构宛若一场人间寓言，它以难以言明的、无形的潜规则约束着局中人的言行，掌控着我们的日常生活，而人类的身份则被嵌入寓言的架构里,难以洞察自身也无法透视规则。当人们丧失了与时间维度的心理联络时,历史的虚无感便会趁虚而入,它把现代人的痛苦塑造成难以觅得真凶的个案,而个体的痛感则被刻意放逐在游戏的规则之外了。

　　时代的旋流不会放过任何一人,他们被裹挟进统一的速度节奏,生命则被限制在简陋的住所与喧嚣的单位之间,被定格在城市的点与点之间,而整座城市却被压抑在地铁的坐标与坐标之间。发生于地铁中的陌生人相遇大都偶然,但这种偶然的相遇是"既没有过去也没有未来"的事件,是一个"无法持续下去"的巧合。写作者需要调动想象力,选择主动出击,方有可能打破情感的零流动。杨庆祥便多次言及他乘坐北京地铁的经历,他从那些陌生人的身影与眼神中,不断想象着关于人生的种种可能,并在川流不息的"人群"中寻觅"自我"的精神面影。作为现代化的符号,"地铁"体现着一种速度的暴力,它因其丰富的隐喻性成为诗人钟情的对象。臧棣曾在《北京地铁》中写道:"在地铁中加速,新换的衣裤/帮助我们深入角色,学会/紧挨着陌生的人,保持/恰当的镇定。"人们享受加速度的便利,要以追逐陌生的人群,在陌生人中保持同质性为代价。现代性的一个反讽之处就是,为人类服务的机械到头来都变成了困缚人的监牢。机械不仅不再为人服务,而且在思想上控制了人类,进而参与到大众文化与个体情感的运作与生产。

　　缺乏痛感,丧失历史维度,无意发声也无从对话,凝聚了消费时代"异化"之力的种种弊端。杨庆祥的诗歌里充满了由交流不畅所衍生的无力与空虚感。处于变形的世界中,自然、童年以及与之相连的记忆都成为彼岸之洲难以企慕,现实中的人一方面空有满腹心事却无人诉说,另一方面又在各类话语场里喋喋不休地言语,以证明自我的存在。主体性的缺失——异化为当代人显著的心灵危机。《我走进人间的烟火》中,诗人揭示出一条悖论:离世界越近,离自己则越远。当我们读到类似"搅动牛奶的勺子能让我快乐/邻人厨房的切菜声能让我快乐/送快递的小伙子/他低头看单的神情让我快乐"这样的文字时,或许能够如此诠解:诗人放低了身段,开始介入现实生活的烟火,从中感受到朴实的生活之趣,将其引为诗意的来源,展现着"及物"的意识。但正如海子的《面朝大海,春暖花开》一般,粗略视之,或许真的会被那彼岸并不存在的温暖所迷惑,而杨庆祥在诗歌的末段却如是说:"我将自己放弃/我撑开一把好看的伞/我走进人间的烟火快乐。"诗歌在尾声方抵达悖论的高潮,只有放弃自我,秉持大众公认的处世原则抑或审美法则(伞的隐喻),方可步入人间的喜悦,这喜悦"无我"而又千篇一律,虚无和荒诞感瞬时而生。

显然,杨庆祥诗歌里的"自我"与"人间"或者说"人群"形成硬币的两面,永远无法相遇。作为一个含混而暧昧的意象,"人群"消灭个人痕迹于拥挤和雷同之中,又使个人的孤独感成倍地放大。诗歌中的杨庆祥正如本雅明评论的波德莱尔一样,处于漫游者的艺术发现者姿态。他开始意识到"及物"的局限与危险,某些时候,"及物"就是一个陷阱,它将写作者的观念趋同于大众主流意识,从而削弱了自身的独立意识,最终使之陷入"失语"的痛苦。当人类丧失了对自身、对历史的感受力之后,生命的意义便不知所终,甚至连死亡都成为一件可望而不可即的难事:"不敢大声诅咒/也不敢大声做爱/……/活得太久真不是好事/这么久,三十五岁/都不知道如何去死了。"(《活得太久了》)

在当今的文学作品中,呈现精神之伤,带有"底层写作"色彩的作品层出不穷,但它们大都如传统意义上的伤痕文学一样,"太着力于具体的事件,对事件的描述大于对人的描述",可以讲述精彩的故事,却缺少对于中国问题的分析与批判。就诗歌而言,诸多诗人注重捕捉感性印象,强化生活事件的偶然性和无限的可能性,而历史意识和与之相对应的深度心灵模式则无足轻重，这就导致文本的意义始于叙事，也终结于叙事，只能构造情感的冲击力，而缺失精神的崇高感，难以使我们在一个个具体的事件复述里体悟到超越性的力量。或许在杨庆祥的写作伦理中，"哭泣"正意味着唤醒我们隐性的精神痛感并对其做出反应，而超越性的力量则是"爱"。并且，我们所应关注的不是"爱"的方向、"爱"的效果，而是"爱"这一行为本身。如哭泣一般，它是一种精神的能动和自觉，是我们抵抗这个时代主流速度的自救之道，亦如《我在所有事情中都找不到存在感》一诗所写的那样，唯有爱情，才能让我触碰到自己的存在。由"恨的哲学"转变为"爱的哲学"，以此抵御诗人言及的时代对人"天鹅绒式"的伤害，这凝聚着"新伤痕"诗歌的哲思指向。

因此，从写作伦理上看，新伤痕诗歌是行动的诗歌，是寻找超越性力量的诗歌。它一方面要揭示时代的病症，如《2015年的风车》表达的商业文化对乡土田园之侵蚀的无奈，《雨雪天登黄鹤楼》对工业污染的控诉，《与山河书》中对速度魔咒的警醒等等。诗人号召所有人慢下来，在"减速"中重新观看路边的风景，重新思索自身的处境，发现自己的"贫穷和屈辱"，以及"哭泣"的能力，从而进入行动的另一层面：为个体的痛感进行正向的赋值："有泪的人真美啊/我有时真想大哭一场/然后心如磐石。"（《于是哭起来》）于痛感中追求诗歌的真实性，在艺术的自主性、独立性与艺术反映现实、干预现实之间寻找着平衡，最终用"爱"作为行动的宣言——"如果命运禁止我们去爱/我们还活着是为了什么"（《四月，早安》）。看《我选择哭泣和爱你》："时间在不同的世纪/选择不变的君王//黑暗选择遮蔽一切/黑暗已经遮蔽了一切啊//我正在黑暗之心/亲爱的，我选择哭泣和爱你。""黑暗"喻指一切吞噬个人的暴力，可以是现实物质层面的，也可以是精神话语层面的，当"黑暗"成为既成事实之后，对"哭泣"与"爱"的主动选择，可谓现代社会中的英雄行为。孤独的抒情者洞悉时代城堡的坚固和不可进入，他选择以主动寻求对话的方式向"亲切的他者"建立联络，以面向未来的姿态追寻超越性的精神自治之道，这种求索精神充满形而上的意味，开启并实践了诗人一向倡导的"对话式写作"。

单从这本诗集中大量存在的"我"向"你"的对话式诉说结构便能感受到杨庆祥曾论及的"由对抗式写作向对话式写作的转变"，诗集的文本跨度近二十年，从中可以比较直观地把握到作家精神气息的流动与变化。看他写于新世纪之初的一些文本，诗人往往强调与现实的视觉联系，并将其幻化为内蕴多元的浪漫意境，文本多带有一种超越现实的预想之美。或是要终老天鹅湖畔（如《如果能终老天鹅湖畔》），沉浸在"适彼乐土"的白日梦里；或是像于坚的《尚义街六号》一样，在《毕业生》的语境下讲述着琐碎而极富幽默感的友情细节，让人察觉日常生活诗意的一面；或是直接袒露对肉体、对情爱、对私密情感的言说欲望，溢满喷薄而出的青春之力。阅读者于文本间似可触碰到诗人那颗不安的、躁动的、热情而有些敏感的、凝聚着反叛意识的诗心。孤单的写作者一半精神生活在梦里，一半精神存在于现实，两者互相缠绕，彼此抵牾、对话进而碰撞出火花。随着思想境界的不断提升和思考的日益深入，杨庆祥的诗歌（特别是近三年的创作）逐渐消解了"对抗性"的姿态，也有意识地自我解构甚至颠覆着超拔于现实的浪漫情调，面对当代中国的现实问题，他保持着一份难能可贵的清醒，希望通过"减速"的观物方式，开辟出新奇的观察视阈，从而脱离时代法则的系统规约。他意识到"个体"的意义不仅关乎自身的价值存在，更是跟社会、祖国乃至人类整体性的创伤相关联，由自我的生命呈现延伸到一个个具体的生命关怀，彰显出诗人写作伦理的维度拓展。

与"新伤痕"观念相对应，杨庆祥调整了介入现实文化的美学姿态，采用更为平实、简洁、澄澈的语言转化着个体的"伤痕"，从而在个体与时代的紧张对峙之外，激活那些潜藏于时代主题背后的心灵资源，使个体精神的主体性得以显扬，也为精神存在的方式探究出多种可能。"我想去深山学道/我想去孤岛修仙/我想在尘世做非尘世的人/我想和你在一起。"看这首《截句》，短短四行，可谓诗人精神修行的两个阶段，无论是"深山学道"还是"孤岛修仙"，都深怀对世界的回避与逃遁之思，而"在尘世做非尘世的人"在精神向度上实现了本雅明言及的"深入人群又能保持从人群经验中抽身而出的态度"。诗句之"你"，集中凸显出写作者的"对话性"诗学之理想向度，它启示我们保持一分主动去爱、去寻求、去发现趣味的能力，让精神与肉身相互取暖，以此作为精神的平衡之道。再如《菩萨》《菩萨，请带我走吧》《我用左脚读经》这些文本，其间充盈着令人愉悦的阅读趣味。诗人甚至可以称呼菩萨为"姐姐"，与其嬉笑打趣。当"对话"意识参与到诗歌的意义生产时，高高在上需要仰视的"菩萨"便成为诗人主动寻找意义的投射物，经过写作者灵动且充满野性的运思，抽象的"菩萨"具象为诗人生活中的一位朋友，参与进他关于自我精神存在的想象。可见，对话的姿态，就是在自我心灵与万物之间，在缤纷人间中找寻意义延伸的可能性，这涉及一首诗的诗意如何生发以及展开。

就新世纪诗歌本体而言，"新伤痕"作为一种建设性的意愿被提出进而得到肯定，有利于我们从"时代经验"或"历史体验"的承受者角度重新反思诸如主流与支流、官方与非官方、民间与知识分子等二元对立式的概念，超越惯常话语体系中的代际、地域、思潮等观念分野。"新伤痕"在诗歌领域注重发掘"文本"（text）与"本文"（context）的双向联系，特别是改革开放以来的文化语境对国人后发式现代性体验（情感诉求与生命状态）的影响与塑造，这种诗歌样态应该是由表及里、由物抵心的，以建设性为目标。"新伤痕"的观念如何持续对当下诗歌现场施力，如何影响这代人的写作伦理与美学意识,以及它是否能够成为一条有足够覆盖力的理论路径,成为未来诗歌经典化的指标之一,定会引发更多批评者的参与和讨论。从这个意义上说,新伤痕诗歌的主体性建构(特别是在美学模式层面)尚具有充分的言说空间。

重返一个分裂时刻
——杨庆祥诗集《世界等于零》读记
刘欣玥

一

有关杨庆祥的诗集《世界等于零》，我想从《荷的时代性》这首诗谈起。在诗的第一节，对于"荷"的遐思始于一场听来的谈话。"我在荷叶里听到/一屋子的人在谈论时代"，诗人并未参与众人的讨论，却兀自联想到了荷。荷与荷所生长的环境构成了一个富有层次感和隐喻义的整体造型，诗人由此凝视荷与时代构造的相似：

　　时代是荷叶上的露珠
　　一晒就无。时代也是
　　荷叶底部的淤泥，它的上面是清水
　　它的下面是垃圾。它的各种层次
　　如根茎上的倒刺，处处都伤人。①

这是典型的现代体验：置身于一个表象与真相分层的景观时代，具有欺骗性的景观无处不在，却又难于识破。信息过载，经验廉价

---

① 杨庆祥：《世界等于零》，上海文艺出版社，2022年，第151页，下同。

而速朽,"一晒就无"里有太多因旋生旋灭难以把握的瞬间。诗人的目光自上而下,由明转暗,对荷的生命造型做了一次全景扫描。"露珠"与"垃圾","清水""淤泥"及藏匿的"倒刺"并置在一起,也让可见与不可见、可知和不可知的边界,重新变得危险。"处处都伤人"的判语,牵引出诗人与荷相关的一段涉险记忆。在诗的第二节里,诗人继续出神,回溯了一桩发生在"1988年的夏天"的童年往事,它静静躺在回忆深处等待被某个未来的时刻召回。像这样的私人遭遇尽管具有偶发性,却并不妨碍其辐射为更大的时代寓言:

> 1988年的夏天,我和一群小伙伴为了
> 吃上新生的莲子,决定集体裸身下河。
> 这样愚蠢又凶恶的家长就不会觉察我们
> 嬉水的痕迹。
> 事实是,相对于父亲的戒尺和母亲的藤条,
> 那根茎上的刺,给我们留下了更痛的记忆。

"新生的莲子"光洁、鲜甜,犹如禁忌之果,引诱着无知无畏的孩子踏入一场违逆禁令的探险。在80年代末的文化语境里,我们并不陌生这种"愚蠢又凶狠的家长"所指涉的威权形象,在杨庆祥和他的80后同龄者的成长过程中,两代人之间的紧张感一直悬而未决。"集体裸身下河"的动作与决心,带有尚未被冲击前,对世界向好的盼想。遗憾的是,孩子们最终不仅没有逃脱因嬉水遭到的"父亲的戒尺和母亲的藤条",更被荷花暗处的利刺所伤。这场意外事故之所以比其他的"更痛",是因为相比于日常生活中确凿的、面目狰狞的施暴者,那些来自美好事物的背叛与中伤,往往会制造出更大的破灭感,即使用一生去咀嚼也很难释怀。

读者已经发现,诗人在这里叙说的,并不是一段轻松、天真的夏日小插曲,而指向天真时代的终结。它具有事件性。诗里几次出

现的"时代"一词,更提示个体事件与历史维度之间的藕断丝连。被骗、自嘲与暴力创伤,奠定了诗人内心对荷的认识法则,以及荷所衍生出来的更隐秘的历史认知,后者长久地为一种虚无的后遗症所笼罩。所以,在第三节中出现了这样的句子,诗人在成年后每每再看到荷花,依然"只觉得两腿鲜血淋淋……","好像我在时代的/触觉中,再一次成为顽皮而小心翼翼的孩子"。无论是因为精神层面的幻想崩解,还是肉身层面的幻肢之痛,被造物者愚弄后的愤怒和懊恼,长成了遍布全诗的疼痛神经。直至最后两行,诗人以"一个无比简单的真理"结束全诗:"我们终究看错了荷花,我们也终究会看错了时代"。

二

再一次成为"孩子",也即想象性地返回儿时的裸露状态。将孩童特有的纯白、轻信与易碎再次敞开,让"鲜血淋淋"的创面暴露在历史空气里,重新检视当初未能放下的困惑——比如宿命般的"看错",比如难以看透大时代的幻景与暗阱。我们当然不会忽略,在杨庆祥近年来的诗歌创作里,伤口、疼痛、流血、心碎所具有特殊的抒情指向与抵抗意味。在命名为"新伤痕文学(诗歌)"的诗学表述里,杨庆祥主张唤醒国人的"疼痛感",让抒情主体在疼痛、眼泪与呼喊中,寻找抵抗虚无、穿透时代并疗愈自我的出路。[①] 同样是在诗中重提童年创伤,《荷的时代性》褪去了偏执和歇斯底里,转为一种将错就错、保持隐痛的微讽。与这微讽形成呼应的,是诗集里的另一首《荷祭》:

[①] 有关"新伤痕"的具体讨论,可参考杨庆祥:《"新伤痕时代"及其文化应对》,《南方文坛》2017年第6期;杨庆祥、魏冰心:《是时候说出我们的"伤"和"爱"了——"新伤痕文学"对话》,《当代文坛》2018年第1期。

> 从来没有一个时刻这样让人羞愧。
> 荷花和荷叶抛弃了我们。清水和淤泥
> 也抛弃了我们。我们的骨肉，再也不可能
> 清白与芳香了……

这是对当下人心蒙尘、精神污浊的失望和自弃，在化身清白的荷花面前羞愧得抬不起头，以至于本想用荷叶"将自己的尸体包裹/可我觉得自己不配了"。诗人做这样语不惊人死不休的自白，背后可见长长的、清晰可辨的屈原的香草美人传统。在"君子和小人如今都沉瀣一气"的堕落时局里，"我们把脸蒙起来，假装还是兰草和芝荷的后代"。在中国的古典诗词谱系中，荷花是咏物诗的常客。有了"出淤泥而不染，濯清涟而不妖""接天莲叶无穷碧，映日荷花别样红""水面清圆，一一风荷举"这样的名句，荷花很容易将读者熟悉的情感结构与文化联想唤起。在这本诗集里，"荷"屡次出现，有时候以古典的容姿闯入现代、后现代场景，有时则以莲的形象，出现在那些寓含佛性、禅意、智慧的玄思中。试看诗集《世界等于零》中这样几则：

> 不能再立誓、发愿、回梦了吗？
> 不能再在这苦心里长出崭新的莲子了吗？
> ——《我已经不能享受这孤独的春夜了吗？》

> 嗅到的荷花在纸上
> 雕栏、石拱桥和飞檐恍惚
> 没有泥土的国度是空虚的……
> ——《清平调》

> 打太极的人在黄土上刻了字

> 打太极的人在荷花上画了符
> 当初彼此都不认识啊
> 只有天和地默默无情
>
> ——《邯郸截句之二》

> 而过经年,那荷叶的腰身为夏风倾倒了
> 高铁呼啸而过,竟也似一个世纪的乡音
> ……
> 不如爱她。一夜好眠。荷叶亭亭
>
> ——《不如爱她》

我们不难辨认出这些诗句中沉淀的古典诗意,以及汉语经过断句、剪裁、语词排列组合后,"荷"所显现的陌生化的风骨与意韵。但我更看重的,还是杨庆祥用私人经验和当代人的敏锐心智,对"荷"的重新吞吐、编码与赋值。

比如历史上咏"残荷"的最著名的句子,当属李商隐的"留得枯荷听雨声"。这句诗为更多人所知晓,则是因为曹雪芹在《红楼梦》里,借黛玉之口将其改为"留得残荷听雨声"。以突出外力摧折的"残",替换掉了遵循四季轮转自然规律的"枯",一字之差,道尽黛玉在花样年纪饱受摧残、风雨飘摇的心迹心声。与黛玉的"改诗"异曲同工,杨庆祥曾有一首《残荷》。落款提示这首诗写作于 5 月,本该是"小荷才露尖尖角"的新生时节,诗人偏要写下"残荷也露尖尖角"。这里的"残荷"大概不是反自然的异象,与其说它是现实性的,不如说是象征性的、思辨性的:

> 残荷给人的感觉是,
> 花残了 果残了
> 叶残了

> 而且是一齐残了
>
> 一齐残是件多么有哲理的事情啊
> 好像世界的奥秘就在
> 一残之间
>
> ——《残荷》

这样的诗行,并不只是要借"一齐残了"表达对世界残败、荒芜的本相的顿悟。它传达出一种虚无的人生与美学取向,但也包含了对历史和时代的强烈的忧惧感。这种忧惧感,在组诗《哀歌》中得到了更富有张力的呈现。"时代精神"一直是杨庆祥身为知识人的思考重心,对时代精神的探问贯穿了他的诗歌、杂文、文学批评与文学史研究。但在众多的文体中,诗歌或许最能践行他"在时代的琐屑中才能求证时代精神的复杂性"的实验和野心。《哀歌》将锋利的当代生活细节拼贴到古代的帝王生涯中,诗人或抒情者"我"面向"君父"重重的吁请、歌哭与哀告,加剧了盛世倾颓与兵荒马乱的危机意识。没有人能否认,这里面乱舞着 21 世纪的面影(或鬼影):当技术、商业资本、消费社会以及浸淫其中被异化的心灵,在威仪肃穆的宫闱中撞击出新的狂欢与警语,在古今两重时空中"溃烂的内心",或有从噩梦中惊醒,而后奋起突围的可能?

杨庆祥是擅长用隐喻写诗的时代诗人。现在,让我们再次回到隐喻性的、多义性的"荷"面前。再回头去看那个双腿鲜血淋淋,内心充满愤怒与忧思的少年,他又何尝不能以稚嫩的嗓音,向"君父"发出质问?一枝荷的前世今生,此在彼在,使诗人复杂的时代经验得以附着,得以显形。在新的诗意内涵、生命谜语乃至文化潜意识的层面上,我将"荷"视作杨庆祥诗歌的一个"基本词汇",它通向本体意义上的,由诗人独有的诗感官、诗审美、诗哲学构成的诗性世界。这样的"基本词语"在杨庆祥的诗与诗论中还有一些,比如"冰""雪""树""菩萨"等等。对于存在、价值与意义的质询，对语言、诗性的认知，也常常凝结在这些词中。

三

"人"与"荷"相对，另一个观察呼之欲出。像是这样的一些诗句："看见一棵树很后悔/看见一池水也很后悔/当初为什么没有长成/一棵树或一池水呀"（《看见一棵树很后悔》）①；"哎呀呀，鸟也好鱼也好蝴蝶也好，总之/比人自由那么一点点"（《夜宿英德九州驿站遇雨》）②；"树的脸是安静的/花的脸甜蜜/鸟的脸是花与树的相依//妈妈，为什么人的脸如此愁苦？"（《人脸》）③；"不要将大海想象是一个人/以为这是它的愤怒和伤心/嘘，古老的大海从来就不屑于/成为一个人"（《大海从来就不屑于成为一个人》）④。在熟悉了人类宣布要成为自然的殖民主人，这种狂飙突进式的工业化、现代化叙事以后，人在自然面前表达谦逊、示弱乃至自卑，无疑十分稀缺。更重要的是，这些诗句反复暗示出一种"生而为人"，面对植物、泥土与自然的虚无感。它不同于香草美人传统，也即不同于"志洁而物芳"的浪漫主义寄情的路径。这种虚无感，是一种失去了土地的、无根的、内在于现代都市经验中的虚空感。

作为诗人，杨庆祥身上有相对明晰的社会属性，一个脱离乡土、被抛入城市化和全球化浪潮的当代人。要谈论这个问题，不妨再看看除了"荷"以外，那些杨庆祥大量使用的语词。像是树、花朵、星宿、风、大海、森林——诗人对明亮、纯真、轻柔的意象的偏爱，也许根植于他在乡间的成长经验，比他自觉到的还要幽深。南方乡

---

① 杨庆祥：《我选择哭泣和爱你》，第5页。
② 杨庆祥：《世界等于零》，第93页。
③ 同上，第104页。
④ 同上，第113页。

野的图画感与生命感,构成诗人诗学想象的原色。在《"黄金时代"备忘录(2008—2019)》里,杨庆祥写道:"度过他童年时光的大院落,里面种满了各种花;院落前面的大河,他曾在里面浮游;还有远处群山的倒影,朝霞和夕阳,满天星斗……至于这里面的具体生活的细节,人间的哀乐,他全然不知也毫无兴趣。"[①] 杨庆祥深知自己脑海中的童年风景,早已被抽去了"人间哀乐"的生活实感,又被记忆反复打磨光滑近乎镜中幻觉。更不用说 90 年代以后,城市的边界像怪兽般大举向前推进,乡村早已凋敝萎缩。但有别于父亲对"进城"、对坚决逃离乡村的执着,杨庆祥始终对这一"幻觉"念念不忘,"他有时会陷入他自己的媚俗"。在《我回来看一眼就走》《所有的事物都还在》等诗里,回望或折返故乡时,充满矛盾的抒情声音回响不已。

不过,杨庆祥的诗绝不是要提供一种稳固不变的前现代的牧歌想象,他也不是那种携带乡土情结或乡愁的写作者。诗人当然可以对这样的"媚俗"保持警惕,但与其说诗人流连的是逝去的乡土,不如说是浓缩于乡间童年里的一个"初始结构"。我更想分享的一个发现是,在杨庆祥的诗作里,有一个发生在少年时代深处的"分裂时刻"。那是童年幻景第一次产生裂纹,静止的童年开始向外部世界和真相流动的时刻。或者不妨更大胆地说,就是主体开始分裂的时刻——犹如把手伸向夏日新生的莲子,却被脚下暗刺所伤的那个"瞬间"。复杂的冲动、诱惑、受挫与困惑,在这个瞬间里内爆,构成少年初识时代的分裂和隐痛,就如同我们所读到的《荷的时代性》。如果可以寻找另一条进入杨庆祥诗歌世界的密径,其中的关键和微妙之处,是指认那个"分裂"的瞬间,并分辨出诗歌与那个"分裂时刻"反复撞击、欲说还休的方式。

---

① 杨庆祥:《"黄金时代"备忘录(2008—2019)》,《天涯》2020 年第 3 期。

在同一篇文章里,杨庆祥将个人成长的开启,赋形为"他必须独自穿过生命的森林"的少年之旅。在一条酷似成长小说序章的延长线上,诗集中的那首《少年 chey 的平常之旅》具有了"元诗"/"元叙述"的意义。这首柔软的、充满了美梦气息的诗是这样开头的:"走过这个平川/就是湖泊,在湖泊的后面/是一片密林。"① 密林前的这片湖泊,是否是杨庆祥曾写到的,那个 11 岁时发生"大湖时刻"的地方?"他记起来在 11 岁的时候——那是 1991 年,社会转型的序幕即将拉开,数代人的迁徙和漂泊即将开始。在那个巨变前难得的平静中,在故乡的大湖边,他问父亲:艾青的诗和普希金的诗,谁教会我们更多?"② 90 年代伊始,人口流动的暗涌与商品化的历史巨浪即将掀起的前夜,这个"大湖之问",不仅关涉到复杂的诗学传统与诗歌遗产继承问题,更是人生道路选择的终极之问,它就摆在80 后的青春期面前。正如人们后来所看到的,杨庆祥从 11 岁时开始写诗,神秘的诗、青春与时代的齿轮开始互相啮合着共同转动。此后他用自己的写作、求学与地域流动投入了这个难以看清楚的时代。父亲当时并没有给出像样的回答,或许回答了也没有什么用处。

在诗的解读中调动这些传记性的因素,并不是为了求证、坐实一片湖泊、一座森林在诗人故乡地图上的具体坐标。我想强调道路分岔以前、主体分裂以前的"这一个"瞬间,是迷人的,值得读者为此停下脚步。或许连诗人自己都没有意识到,它在他的诗与思与情动力里扮演了一个生命结构的支点。也是因此,我们才能理解杨庆祥诗歌中的诸多"虚拟语气",和"虚拟"背后的分裂的想象。比如在《我本来以为这就是我的一生》里,诗人描摹了一系列长大成为农人,亲近大地、山河平静的田园生活场景:

---

① 杨庆祥:《世界等于零》,第 87 页。
② 同上。

我本来准备在月光下给你写一封长信
把心思，藏进傍晚的万物黄昏

我本来准备生儿育女，在树下讲故事
生前伺候稻田，死后湖山青青

我本来准备如此，本来以为
——这就是我的一生

诗人当然没有选择这样的生活。"我本来准备……"以虚拟语气诉说诗人假想中情形。每一节开头复沓的"我本来准备"以一种背反的语势，让每一次的愿景描绘都反过来加深了事与愿违之感，造成更强力的否定性的阅读效果。在杨庆祥的诗中，"假装""本来准备""不如""当初为什么没有""我也曾期盼"构成了一种语言的装置，一种完全由语言虚构，或更准确地说，用"语气"虚构出来的一个诗性容器。这里面盛放的，是无用的悔意，以及难以证实或证伪的真相。经验的客观实存性被取消了，取而代之的是藏匿在历史深处的另一种未及展开却并非没有条件的可能性。就像弗罗斯特在"未选择的路"提出的经典之问。当诗人沉溺在这种语气的虚构之中时，他所眺望的、沉醉的，并非已经发生的事，而是有可能发生的事。

承担这种可能性的抒情主体，或正是那个采莲的、大湖边即将上路的孩子？杨庆祥已经在诗歌中演绎过诗人的多副面孔：游侠、浪子、旅人、情种、父亲、长子……而在多重的、变幻不定的"我"/诗人形象里，诗人胸中还住着一个独自穿过密林的少年。为了进入他的时代，他必须独自穿过密林。为了在诗中思考他的时代，他必须不断重返那个孤独、美丽、神秘的"分裂时刻"，不断咀嚼原初的禁果和疼痛，咽下可能的不可能的甘苦。

诗歌作为"零"的创造
——杨庆祥《世界等于零》

王朝军

现在,让我们站在一个残忍的高度来打量杨庆祥的诗。

你可以用一条上升的斜线标明此高度的"历史",在斜线的背脊上密布着人类迄今为止的所有造物:事件、判断、等级、规律、秩序、观念……当然,最重要的还是真理,或者,更准确地说是庞大的真理"组织"——它就像士兵必须服从的条令手册,确凿且不留余地。但斜线的尽头并不固定,因为历史的秒针时刻都在转动。也就是说,这个高度实际上是"无度"的;它的高,始终在颤抖。

正是在这"无度"的颤抖区域,杨庆祥找到了他和他诗歌的"现场",也就找到了诗歌写作的律令。——那是对确凿的戒备,对造物的警惕,也是对未知世界的期许和创造冲动;是命名的起点,也是追溯乃至追究人类灵魂的终点。它的残忍之处在于:当我们尾随诗人兴冲冲进入这"双重原点"并垂直向下俯视时,想象中那根足以支撑"崖岸"的垂线居然失踪了,或者它根本就不存在。哈,一切都是虚构,即便那条象征来路的有"组织"的斜线,也在诗人严厉的凝视下砰然解体。

唯一真实的只有零。然后,杨庆祥试图在零的内壁上凿刻出——自由。

这是独属于立法者的自由,他把自己逼入一个最不舒适、最彻底的险境,以此诊视时代的肌体,发现和重建事物的所有价值,包括暂时的"真理"。

鉴于杨庆祥诗歌写作的"底本"如此坚硬而孤绝,对他的诗做任何技术主义的分析都可能是无效的。因为你很难在一个几乎等于零的"针尖"上分离出简明的纹路,针尖就是简明本身。它寒气逼人,拒绝接近。"Don't touch me!"(《疫的 7 次方》),这是诗人的自我囚禁,也是面向他者的乞求和哀告。只有这样,他才能隔开"看见"他者的合理距离,他才能在诗里秘密地容纳另一个自己,那便是和"我"共享一具精神实体的"创造之我"。

识破这一点很重要,它是杨庆祥凭借诗歌的语言美学向世界完整敞开自己的对话通道。对此,杨庆祥有言为证:"大概来说,我所有的诗歌都在维系一种最虚无的个人性和最暴力的总体性之间的一种对峙和对话。"谁是"最虚无的个人性"?谁又是"最暴力的总体性"?倘若把"我"抽象为总体性的现实,把"创造之我"转译成虚拟的理想个体,问题也就迎刃而解。说到底,人既是客体的造物,又是主体的创造者,你认领了哪一方,就会持有哪一方的眼光。"如果你长时间盯着深渊,深渊也会盯着你。"而机警如杨庆祥,定会时刻矫正自己的位置和眼光,他执意站在高处并看向高处,他在所有其他方向上的看——平视、回眸、俯瞰——都只是为仰望而蓄积逾越的力量。从终极的意义上说,他是要拎起现实的"地面"并随时准备将其放逐,放逐造物,放逐那片安放自我的废墟。

于是,我们完全有理由期待在杨庆祥的诗中出现一个完整的"新我"——由"创造之我"一手造就,且与手中的造物("新造之我")合为一体。于是,经由对话、对峙乃至反复的较量争夺,一份指向新我的思想路线图得以展开。

首先是隐忍在暗处的《世界等于零》，它命名了诗集，也简括了这一庞大的思想过程。"我来过又走了/世界等于零。"由零而来，向零而去，人类的命定不过如此。但"我"却从人群中区别出来，"我"要在来和去的光滑直线上折出无数个弧。其中最大者莫过于人和物的主客之争："我"来时自许为万物的主人，直到从他者（"你"）的镜像中窥到"每一件衣服都穿过你""你坐在门外等一个黑色的梦把你做完"，才发现一个基本事实：人在制造物，奴役物，也在被物制造和奴役。而导致该局面的罪魁不是自然物本身，恰恰是人类自己，是衣服、梦这些人的造物背叛了人，僭夺了人的主体权力。可想而知，"人"作为自己体验、观念的造物，也必将"自反"。果不其然，"每一句话说出你"！这意味着体验、观念的发声符号——语言最终发作了，它自动生成对人自身的反向审视和言说。说了些什么呢？诗人口风甚紧："舌头卷起告别的秘密。"我断定，正是在"舌头卷起"的刹那，杨庆祥的诗启动了它秘密的劳作，词语将绕着言说之弧踩出一条抵达诸神的初生之路。

弧1，是爱。《思无邪》"用所有事物的反面求证"什么样的爱才是"无邪"的正体，其敢于颠覆认知的底气来自现实中爱的功利之"邪"；《我珍爱三种人》在重申《思无邪》的同时，不忘将厌弃的目光给予"和所有人打成一片"的透明人；爱不是索取，爱也不是绝对的"无私无己"，《最高级的爱》在到处是"爱"的荒原上为爱耸立起至高的形象："不打扰/在流云中将恩歌轻诵"。是啊，这不啻一场由爱发动的起义，"爱要在虚无中建筑起立体"（《黄昏的起义》），像切·格瓦拉，像为了相爱而刺穿黑夜的"枪声"（《切·格瓦拉》）。

但谁都有"不能爱的时候"（《当我不能爱的时候》），无人可爱，或无力为爱，那"我就左手握右手/我就爱菩萨爱自己"（《我现在是落叶和风》）。当爱退出关系学的视野，孑然独立时，它依然有自足且自洽的理由。这是一种最接近自然状态和人类原初本能的"自爱"。由此，爱重新回到了它的原点，收获崭新的如天启般的鸿蒙之力。

其实，新也是旧，只不过这"新"是熔炼世界之后的淬火重生。但谁愿意熔炼？谁又愿意淬火？这就有了弧2：真理。

人们甘之如饴的是编纂、修订、复制经验，并将这经验"展开"、铺平，制成"伟大的真理"。"多么荒芜……"在《阿斯维加斯一夜》中，诗人向生活的赌徒发出了致命的反诘。"阿斯维加斯"当然不是"拉斯维加斯"，前者就像对后者批量仿制的"片段"，正在抛掷"骰子"的狂欢中重复历史的赌局。

这是一种病，一种"现代灵魂"之病，它以精密森严的"真理"为模具，妄图为众生挤压出同一种表情，甚至同一种想象。不承想，"类"在定"型"之际，也是"人"丧失自我之时。人们只能在"失去了眼睛的时刻"（《一代人》）"赞美，咀嚼空洞和剩余"（《时代病》）。这说明，"人"自己将成为"类"最意味深长的献祭品。所以"多少真理啊！多少张脸！"（《人脸》）在暗示"真理"巧立名目、篡改生活的同时，也可以做另一种解释，即有多少张"真理之脸"，就有多少张"人脸"与其对视。

对视的结果如何，我们不得而知，但这至少是人不再信奉感官证据的标志。真理塑造现实，也规制现实；没有永恒的真理，只有真理的速朽。从这个意义上来说，工具时代的复制神话将面临人类瓦解的危机："我在万物的腐朽中知道一切都不过是一场风的假定性真理"（《我在万物的腐朽中》）。除非人挣脱对"假定性真理"的自我迷信，再次提取自己并认领自己，否则人只能沦为造物，而永远也无法激活创造的本能。如何认领？杨庆祥给出的解决方案是："热爱蓝"。在他看来，热爱蓝就是热爱生活，"现象就可以说明一切。简单的快乐往往就在蓝的肉体，肉体是一种现象同时也是一种真理，所有非快乐的真理都是假的，就像'全体不是真的'"（《蓝》）。这么说吧，杨庆祥的"蓝"即是个体朝向未来生活的快乐想象，它不向任何给定的真理妥协，它因此而成为真理。

而"蓝和蓝"，则让爱再一次相拥，爱理想，爱自由，爱生活。

说到爱，说到真理，几乎隐伏在这本诗集每一行的分合之处，尤其是那些携带着累累伤痕的组诗，它们是：《疫的7次方》《哀歌》《欧洲之心》以及"截句"五篇、"饮冰"十首。关于故乡，关于信仰，关于造物主，杨庆祥都以他忠实于灵魂的经验进行了规模浩大的指认，崩溃的景观、反讽的并置、意象的沉默，这一切最终涌向的还是自我，还是那个蠢蠢欲动的"零"。

我说过，对杨庆祥诗歌的任何技术主义分析都可能是无效的，而真正的诗，既是为了表达，也是为了隐藏。那就让我借用尼采质问"最后的瓦格纳"时的声音，将诗人杨庆祥和杨庆祥之诗隐藏得更深一些吧：

——这是我们的表达方式吗？——
这种令人心烦意乱的号叫，是否出自德国人的心灵？
这种自己对自己的撕咬，是否出自德国人的身体？
这种教士般的铺叙，
这种香气缭绕的兴高采烈？
这种摇晃、跌倒和蹒跚，
这种难以捉摸的叮叮当当声？
……
——这是我们的表达方式吗？——
好好想一想吧！——你仍等待着得到承认——
因为你听到的是罗马——罗马出于直觉的信仰！

（尼采《善恶的彼岸》，朱泱译）

恰好，我在杨庆祥的《哀歌》中也读到了"罗马"，我以为他们说的是同一件事情。也正是站在此处，杨庆祥成就了他诗歌的能指之美。

Part3

创作谈

跨越时空的对话
——第四届冯牧文学奖答谢词

尊敬的评委老师,女士们、先生们:

当我接到获得冯牧文学奖的消息的时候,我正在从浙江安吉返回北京的途中。我随身携带了两本书,其中一本是法国诗人维克多·谢阁兰的诗集《碑》。

谢阁兰的诗集中有一首诗叫《请求》,最后一句是:"美丽的少女,请不要开口。"谢阁兰引用中国典籍《诗经·月出》中的句子为其互文。"月出照兮,劳心惨兮",美丽的少女牵动了诗人的相思之情,以至于他愁肠百结。但是在谢阁兰的诗歌中,少女从被看的客体变成了能动的主体,她被诗人带有现代性的眼光激活,成为一个集世俗化的少女和神话般的女神为一体的活物,她不仅被看,同时也积极地加入这一场由你、我、他构成的三位一体的对话。

谢阁兰写作这首诗歌的时间,大概在 1909 年到 1912 年之间。对于中国人来说,这是一个晦暗未明的时刻。帝国在其晚期的余晖之中摇摇欲坠,旧的世界尚未走远,新的世界还没有形成。但恰好是在这个时刻,一个来自法国的,代表了当时最发达文化的纯种欧洲人谢阁兰却一头扎进中华帝国的文化腹地。他不仅学习古典汉籍,在儒法道、阴阳、太极、易经中找寻古典的智慧,更重要的是,他还以一种少有的现代科学精神,从事着艰难的文化考察活动,1909—1917年间,他曾三次来华,前后寓居中国长达七年之久。在此期间,他数度远足,对黄土高原、青藏高原、四川盆地等贫瘠落后的区域进行实地走访考察,并写出了《碑》《西藏》《中国西部考古记》等一系列创造性作品。

我之所以在此提及谢阁兰,是因为谢阁兰已经超越了一般的文化交流甚至是比较文学的意义,他更是一个现代的创造性的典范。谢阁兰沉潜甚至是膜拜在中国文化之碑的时刻,正是中国的现代知识分子们竭力批判中国传统文化、奋力学习西方文化的时刻,中国的现代文学之父鲁迅甚至说出了如此极端之语:最好不要看中国书。但非常吊诡的是,在鲁迅的生命之旅中,他也曾经花费巨大的精力抄碑拓文,整理古籍,并在对古圣先贤的追慕中直击现代中国的弊病。在这个意义上,谢阁兰的选择和以鲁迅为代表的中国现代知识分子的选择具有某种内在的一致性。在担当文化传承和文化创造的使命之时,他们都选择了背离固有的文化观念和文化框架,在一种更具有世界性的文化视野中来观察自我和世界,并因此确立了一种崭新的文化坐标。

这是文化更新的秘密。早在2300年前,孟子就曾经如此评价孔子,他说:"孔子,圣之时者也。孔子之谓集大成。集大成者,金声而玉振也。"当代学者汪晖从公理和时势的角度对此进行了解释:"集大成并非只是搜罗往圣之遗迹,更是用巧夺天工之手进行创造的活动。"也就是说,那些具有原创性的创造行为,总是通过对知识的越界,在一种独特的历史性中展示文化的普遍性。年轻的谢阁兰穿越了1910年代众多浮泛的意识形态话语,在那些话语里面,古老的中国文化已经没落且失去普遍性意义——他深入到文化的根基,创造性地发现了古老帝国的文化在其自身起源的最深处依然生机勃勃。

所缺少的，不过是那些巧夺天工之手。同样，在年轻的鲁迅那里，"掊物质而张灵明，任个人而排众数"既是一种大胆的拿来主义，同时也是一种有抵抗的改写和吸收，魏晋风度和药和酒和尼采和柯勒·惠支和普列汉诺夫和马克思，都是化腐朽为神奇，天工开物，重造文化和自我的时刻。

在中国的现代史上，这样的努力和奋斗前赴后继，从未断绝。

1919 年，谢阁兰死于法国的小镇厄尔瓜特，临死前还在努力写作《中国——伟大的雕塑艺术》。同样是 1919 年，冯牧先生诞生于北京。他的父亲是北京师范大学的教授，精通法文，是重要的翻译家。冯牧先生精通英文，熟悉西方经典，同时又热爱传统，曾与京剧大师程砚秋先生切磋技艺，研习中华帝国最精粹的表演艺术。在古今中西文化的滋养中，冯牧成就了其作为一个文学批评家、散文家和文学组织者的多重身份。谢阁兰和冯牧的生命并无交集，但是，他们拥有共同的文化症候。在从古典向现代转型的动荡的文化语境中，无论是谢阁兰，还是鲁迅，还是冯牧，都找到了一种切合自我的方式，以一己之力加入文化的传承和创新之中，并努力将晦暗不明的时刻呈现为一种丰富多元的文化图景。

时至今日，跨越 100 年的时光隧道，历经数代知识人的努力，这一文化图景正逐渐展开她炫目的光谱。但是，正如所有历史所昭示的，运伟大之思者，行伟大之迷途。新的隔绝、固化、浅薄和新的进步、创造以及革新总是相伴而生。在一个后技术和娱乐狂欢的时代，以经典文学、艺术和哲学为代表的人文话语正遭到前所未有的扭曲和颠覆。科层分工所导致的窄化和短视使得知识人丧失了发言和对话的能力，那巧夺天工的创造性时刻，也像幽灵一般不肯轻易附着于具体的个人。

一切似乎又回到了冯牧那一代人所面对的时刻，有一种巨大而无用的静默躲在我们这个喧嚣时代的背后，就像那些秘密的碑文：

它在其他语言中找不到回响,也不能用于日常交流……但是,它们不屑于被诵读,它们不需要嗓音或者音乐。它们不表达,它们存在。这是自我深处认知的光辉……它们虽然不能让所有人接近,但精华只留给少数人。

这少数人是指向无限的多数人的少数人,是将无限性纳入有限性并重新创造出无限性的人。

我在旅途中携带的另外一本书是诗人庞培赠送的个人诗集《途中》,其副标题无独有偶——"谢阁兰中国书简",这是庞培沿着谢阁兰当年行走中国的足迹一路漫游而写下的献给这位法兰西人的深情诗篇。在近100年后,一位中国诗人以这种方式对另外一位原创的心灵表示致敬。

而我,在这一跨越百年的对话之中,再次看到文化重造的可能。我将冯牧文学奖的授予同样理解为一种对话,在谢阁兰先生逝世和冯牧先生诞生的1919年,不仅仅是一个古老帝国的大厦将倾,同时也是一个少年中国的新生。无数交汇的可能在历史中如天女散花,其缤纷落英,一直照亮到此时此刻——此时此刻,

"我聆听未道之言,遵从未颁之令,崇拜未竟之业……这个无年代,无尽期,无法行诸文字的独特纪元,每个人都把它建立在自己的身上并向它致敬!"

再次向冯牧先生致敬!

再次向目光如炬的评委们致敬!

谢谢各位。

除了写，我们并无他途
——第八届鲁迅文学奖获奖感言

尊敬的各位嘉宾，女士们、先生们：

非常荣幸能够在"在延安文艺座谈会上的讲话"发表 80 周年之际接受一个以中国现代文学之父命名的文学奖项。延安和鲁迅，这两个现代的原点，在此神奇地交汇在了一起。他们几乎构成了中国现代的两极，一极代表着实践、大众和现代性的社会装置，另一极代表着个体、心灵和以精神搏斗为第一要务的生命装置。他们是日月双轮，同向而行，由此生成了一种富有张力、充满裂隙和可能的中国式命题，并在每一个当下时刻被召唤为指南针和牵引机。

鲁迅不是学院意义上的批评家，但他的全部作品，从《狂人日记》《故事新编》到《魏晋风度及文章与药及酒之关系》都可以视为广义上的批评。他也不是典型的理论家，但由他的作品所窥见的现实与人性，却启发了一代一代原创理论的创制。在这个意义上，鲁迅是全能的作者，他由一点即可把握全部，由一孔即可透视世界，他的文章学即病理学，他本来也就是战士、医生和教师的合体。

虽然我从小熟读鲁迅以及现代巨子们的作品，但却从没有立志以文学为业。很多时候我以为这不过是机缘巧合或是现实生活的需要，但随着年岁渐长，我意识到这里面有一种冥冥的前定。这种前定当然不是一种神秘的玄学，而是语言和生命的暗示和诱惑。在那些以汉语铸就的词语和词语的无形河流之中，我听到了幽微、沉着、执拗的低音——就像那些伟大的族谱，它需要新鲜的奶与蜜、血与肉。一切当代和未来的写作，无论怎么断裂和变化，都不得不加入到汉语的谱系中，虽然在很多时候，语言的族谱就像沙之塔水之书一样不可捉摸，但是除了写下来，不停地写下来，我们别无他途。

在那些熠熠生辉的名字的指引下，我努力一次次擦亮语言，在明灭之间将生命的正义与语言的正义融为一体。我切切地盼望我的写作免于平庸，就像我切切地要求自己的生命免于庸俗，但我并不能在终点来临之前评判自己，因此，我要再次感谢鲁迅文学奖的评审方，你们的判断和肯定将成为一个写作者长路上的甘霖，并使他常怀的愧疚之心，稍微得到一点正信。

一切荣誉都归于那个被我们称之为"文学"的精灵！

谢谢大家。

2022.9.16

"四十年家国，如此骄傲如此难过"
——一些人生和写作的片段

1

　　一个普通的灵魂如何写就一篇自述？这是一个问题。古往今来，自述或者自传大概都属于那些卓有成就或者经历非凡的人，而这两者离我都非常遥远。我常常在掌声中感到羞愧，给学生上课的时候，他们经常出于对老师辛勤工作的肯定而鼓掌，我不能阻止他们的热情和好意，每次都是低下头忐忑地收拾讲义。偶尔在外面讲座，主持人的介绍也会让我觉得难为情，总觉得介绍的那个人不是我。有时候即使是作为旁观者，比如参加某个活动，看到你方唱罢我登台的热闹，虽然和我没什么关系，我也会觉得尴尬，好像是自己做错了什么。这是我经常选择独来独往并尽量少参加集体活动的缘由，并不是不喜欢别人那样，而是自己觉得不适，同时也不想因为自己的不适而辜负别人的好意，那就不如躲起来一点，就像我在一首诗里写的："所以归根结底/我看不到你醉酒的欢颜/你也不知道那些长路有多么喜欢我/所以我们只能是各有所属。"

　　说起来自述或者自传，我也读过不少，印象深刻的是巴金翻译的克鲁泡特金的《我的自传》，巴金喜欢的是里面的无政府主义，我喜欢的却是一部自传里面的"无我",讲的都是别人的故事,把自己的位置最大限度地减缩——这是让我赞叹之处。克罗泡特金出身贵族,又得沙皇的宠爱,少年得志,本来应该春风得意马蹄疾,却选择了对自己阶级的背叛,看到更广阔的世界和人群,这不是普通人能完成的伟业。我很小的时候也曾经对历史很着迷,对那些能够在历史中留名的人与事充满了向往,但是在20岁的时候——大概是这个时候——因为我清晰地记得我是躺在大学宿舍的上铺产生了这种恍惚。我在那个慵懒的午后做了一个梦,在醒来的一刻看到阳光如丝绸般从窗户里照进凌乱破旧的宿舍——《枕草子》里面说月光照在穷人的家里是不堪的,因为让人觉得一无所有——但是那一刻,我却体验到了某种庄严的情感,我突然意识到历史的"空性"。我在一篇当时写下的短文《长大成人》里说:历史不记载普通人的故事,红尘将我遗忘。这是我少年时候少有的"冥契"时刻,对我影响至深。在热烈的青春时刻,在破旧的集体宿舍,在万物怒放阳光无私的那个午后,我在一个酣梦后没有意识到自己其实是一个逃课的不规矩的学生,而是醍醐灌顶般地体验到了某种觉醒。世界孤独运行,而这个少年只是蜉蝣一般的存在,他在心中默念:"我醒了!"是的。那个午后,我停止了长达10年写日记的习惯,并在后面的几年,以每年一本或者两本的速度将前面写的日记全部销毁——今天想来过于决绝,比如其中两大本记录高中时代生活的日记,内容堪比《牯岭街少年杀人事件》——但又如何,在"菩萨的法眼里,人不过是一阵风",更何况是几页薄纸?

因此,为了这篇自述,我只能求助记忆的深海,打捞一些吉光片羽的残简。它们肯定真实,但不能保证一一对应;它们肯定严肃,但也并不排斥反讽。

2

如果造物主在1997年的某个深夜没有打瞌睡,如果那个时候他的视线恰好集中在中国安徽皖西南的一个小镇，他会看到在一所校园的花坛旁边，一群乳臭未干的少年正在群殴，他们有的手持棍棒，有的甚至拿着马刀，也有的赤手空拳，场面一度非常混乱，在皎洁月色的照耀下，他们辨认着队友和敌人，但是他们很快发现分辨不清，因为"敌人"无非就是另外一个班级或者另外一个小团体的同学，有的甚至是晚自习上刚刚向对方请教过一道习题。只不过在一个导火索的引爆下，少年们迅速站队、集合，然后狭路相逢以身相搏。如果造物主的眼神更好一点，好到可以堪比今天 AI 的人脸识别，那么他会在这一群气喘吁吁的少年中发现一个瘦弱、穿着浅蓝牛仔裤，但看起来很勇敢的人——那个人就是我。"战斗"很快就在驻校联防队的哨声、手电筒强光以及大声的呵斥警告中结束，一大群人鸟兽四散，几个负伤的被送去镇上的医院包扎，几个跑得不够快被联防队关进小黑屋等着第二天班主任的严厉训斥，甚至要家长来交一点点罚金才能重获自由，其他的则在成功逃脱后若无其事地睡觉、上课，第二天见到头天晚上的"敌人"，还互相微笑着夸赞对方的好运气，如果兜里正好有零钱，说不定还要一起去街头小店喝瓶啤酒。这就是我 1990 年代中学生活的一幕，这一幕如此常见以至于我以为这就是一种普遍的状态，很多年后校园霸凌成为一个公共话题，如果按照现在的标准，那校园霸凌几乎每天都在我身边上演。那个时候我们很少求助于老师、父母和法律工具，我们求助自我，并坚信"攻击是最好的防御"。于是暴力成了一种信仰，校园变成了一个小江湖，白天都是好学生，晚上则上演兄弟情深和快意恩仇的戏份。不过很奇怪的是，特别极端的事件几乎没有发生过，一种模仿性降低了暴力的烈度和强度，有时候甚至不过是游戏的一部分。

那个时候我醉心于武侠小说和港台片。武侠小说几毛钱一天就可以从旧书店租借，港台片 2 块钱就可以去录像厅看一个通宵。在

1990 年代，我的同龄人们大概都被这两种大众文化形式塑造着情感结构和行为模式，老师和家长们的规训似乎并不是真实的世界，在懵懂而激烈的青春期躁动症中，那些发生在异时（武侠小说）和发生在异地（港澳台）的故事反而构成了我们想象世界的参考系。我从武侠小说那里学会了正义、任侠和信诺，这是英雄人物必备的要素，我从港台的言情片里习得了关于爱情的基本观念——有情人终究不能成为眷属，真爱一定以悲剧结束。整个青春期我都处在这样一种"独孤求败"的多情英雄的自我想象和模仿操练之中，我喜欢的一个武侠人物是古龙《七种武器之离别钩》中的杨铮——我一度以此为自己的笔名——他是一个冷酷无情的杀手；我喜欢的另外一个武侠人物是柳残阳《四海游龙传》中的主角展若尘，他绰号"屠手"，内心温柔头脑冷静，擅长精密的推理和寻找一击致命的时机，以一人之力击杀了整个反派组织——我后来读《史记·刺客列传》，又读李白"十步杀一人，千里不留行"，才明白这其实是汉文明最重要的元气，虽然渐渐零落，却也一直深藏在文化的根底。这奠定了我对民间、江湖、孤勇的向往和热爱，即使是在港台的现代言情片里，我倾心的也是那些性格豪爽、英姿飒爽的女性，有一次我在一部警匪片里看到一个女警察，觉得真是好看极了，但是我完全没有留意演员的名字，直到很多年以后我才知道她是当时的当红女星李嘉欣。

虽然"孤胆英雄"是我的原始人设，但是因为江湖实在"险恶"，所以我其实拥有一群小伙伴，高中时代我有七个结拜兄弟，我们八个人结成同盟"纵横"校园以及校园外围五公里左右的方圆，一度享有盛名。有一个下午，我一个朋友从外地来看我，开了一辆红色桑塔纳，那个时候这样的小车在我们那一带还不多见，于是我坐上车，打开车窗，在校园内转了一圈，在众人侧目之后，我的班主任火速找到我，问，你是不是又要发动"起义"？起义当然是没有的，但热血上涌的事情至少做过两次。一次是附近湖区的渔民被殴打，父子双亡，家人在校园附近的街道上拉着尸体跪街喊冤，众多看客围观，我怒火中烧，立即决定赴省城合肥代为上访；二是在某个学期中，因为无法忍受枯燥的学习生活，我干脆带上几个同学一起离校出走，因为准备得不够充分，在举目无亲的上海街头一处绿化林里待了一个晚上，冻得瑟瑟发抖，第二天好不容易联系上一位在上海的学长吃了顿饱饭，借了点路费，迅速就打道回府了。无论是省公安厅的接访领导，还是上海读书的学长，对我的劝告都是一样：快高考了，回去好好复习准备考试。

武侠的迷梦和江湖的幻象折磨了我好几年，与其他同学稍微不同的是，我还有另外一个看起来有点反差的爱好，写诗。1998年的年底，我的第一本诗集公开出版，不仅仅让我身边写诗的同学大吃一惊，也让我那些江湖弟兄大吃一惊。那本诗集是浅绿色的封面，收录了我1995—1998年创作的近80首习作，由北京的一家出版社出版，当然，我父亲为此支付了一笔不少的出版费——这是我人生中第一次估计也是唯一一次的自费出版。我对诗集并不满意，主要是我觉得封二的那张作者照片太难看了，我剪了一个郭富城式的中分发型，充分暴露了我长相的弱点和眼神里的幼稚。据说现在在孔夫子的旧书网上还能找到这本旧作，说明我当时销毁得不够及时——不过我也的确郑重其事地一本本签名，将书送给我周围的老师同学，至少有那么三五天，猜测我的哪一首诗是写给哪个女同学的成为我们校园内的卧谈主题。如果时光可以倒回去，我一定会将送出去的诗集一一要回，然后全部付之于火焰。

1990年代就这么过去了，政治的变革，经济的转型，一切变化似乎都在加速。1997年，我为香港回归写了一首诗，发表在我们校报上；也是1997年，我在校园的礼堂里观看了改革开放总设计师邓小平逝世的悼念仪式；还是在1997年，我站在小饭店的门口在一台破旧的彩电里看完了《泰坦尼克号》。我和我的同学们都在某一个时刻从懵懂的叛逆少年成为了心智冷静的青年人,我们几乎同时意识到,流动性已经降临,而并没有江湖大佬来拯救我们,作为出生于乡村或者小镇的一代人而言,我们只能选择"做题家"的命运。我们八个人——其实也有点像八个小矮人——的状况如下:老二博士毕业,开始任职于四川省某机关,后辞职转去一所高校任教;老三本科毕业,在安徽一所县城担任中学老师;老四专科毕业,在上海开了一家新能源公司;老五本科毕业,在广东一家大医药公司担任高管;老六本科毕业,在云南省某机关担任中层;老七没考上大学,一度在广东打工创业,现在下落不明。我们在各自的城市过着最普通的生活,偶尔联系,偶尔见面。

3

自1999年大学本科开始一直到2009年博士毕业,正好十年时光。如果要给这一段时间命名,我可以称之为我的"图书馆岁月",这么说并非指我每天生活在图书馆——即使博尔赫斯说过"天堂就是图书馆的模样",我也不愿意生活在这样的天堂。我的意思是,我进入一个持续、毫无目的性、带有精神操练和灵魂洗涤的自由阅读时期。如果要为这个阅读开出一份书单,那未免就太俗气了,也大概率是千篇一律。我至今时刻警惕的一点就是给别人开书单——这和充当人生导师是一样的行为。人只能自己寻找自己的阅读,人也只能自己完成自己的人生。但一种灵魂与另外一种灵魂的相遇却各有不同,在我漫长的阅读史中,这种灵魂碰撞的火花也是生命中惊艳的时刻。比如第一次读尼采,被他的强力意志和酒神精神震撼——虽然必须惭愧地承认我是先读了周国平煽情的尼采研究,然后才去读的尼采原著;比如在大三的某一天读到一本破旧的《生命中不能承受之轻》,昆德拉几乎塑造了我对世界认知的辩证法——

"眼泪和小便都是体内的废水,为什么眼泪就更高贵?";比如有一天我从叔叔那里获得一套朱生豪翻译的六卷本《莎士比亚全集》,瞬间被莎翁的才华征服,如痴如醉地读了几个月,至今依然是我最重要的枕边书;比如第一次在北京梅兰芳大剧院听《牡丹亭》,"皂罗袍"的曲子响起,"原来姹紫嫣红开遍",我如遭电击,意识到自己是多么深地活在汉语的传统里,如此等等,不一而足。这些书当然是伟大的正典,但在某种意义上也是通识的读物,在后来我越来越细地从事某一专业工作,比如当代文学史研究或者当代文学批评时,我越发意识到这种通识阅读的重要性,它提供的不是某一理论的武器,可以立即投入生产和使用,他提供的是一种宽厚的人性之思——这是所有想象力和创造力的起源。这一时期我自由且高效地使用着我的时间,大量时间用来阅读,一小部分时间用来社交,很少花时间去上课——我也曾经在北京的一些高校中辗转听课,但几乎没有什么收获。我的收获是自由阅读后心智的升格以及认真思考后的一本本的读书笔记。那时候我毫不关心生活费、课程成绩和奖学金,也从不担心老师课堂点名,我更喜欢的是让自己消失在那些有趣的书里面,就像"水消失于水"。

但也有例外,那就是我从博士一年级开始参与的"八十年代文学研究",那是我的导师程光炜先生主持的一个类似于工作坊的课堂,我几乎每堂课都不落下,热烈地参与资料的收集、论文的撰写和课堂的讨论,我每每侃侃而谈,毫不顾忌自己的漏洞百出。受益于程老师的宽容和耐心,我在一定程度上完成了中国式的学术训练并"生产"出了一系列的论文,我很少思考这些论文写作的意义和价值,我只是觉得它们就是手边之事,做完即可,阅后即焚。我也在这种心态之下完成了博士学位论文,依然是关于八十年代的文学史选题——虽然我可能再也不会去写一部如此规范的学术著作,但是必须毫不矫情地承认:这并非我想要的完美之物——虽然完美之物从不存在。当我成为教师之后，每每有学生出于尊敬夸赞我的博士论文的时候，我都还给他们一个诡异的苦笑或流汗的表情包。

4

我并没有彻底摆脱江湖儿女的出厂设定和任侠为诗的反差萌。如此种种构成一种强烈的诱惑，让我时时提醒自己的切身性——对此时此地此人的关注，对能够与生命进行互动的人事的热望，对地火一般运行的内在激情的渴求。这不是另外一种幻觉吗？青春已远，但我还活在少年的心象里。

对生命和生存的疑问如影随形。有一次在人大诗歌节上，食指过来读了一首诗，然后说：同学们对不起，我要先走了，再晚就没有公交车了。还有一次我在蓝旗营的过街天桥上遇到一位当时非常著名的学者，他孤单的背影让我觉得黄昏黯淡。向生的力与向死的力在搏击，生命和生存互相质疑，有时候生命占了上风，有时候生存占了上风，在它们势均力敌的某一个时刻——对我来说是2009年博士毕业，留在北京工作的时候——一种更切身的思考向我逼来。这就是《80后，怎么办？》这本书的发生学。从2010年开始思考这个问题，到2013年成文发表，再到2015年成书出版，这个问题困扰了我长达5年。实际上，这本书从来就没有完成过，这个提问也几乎没有答案——它并非是一本需要答案的提问，但是这个提问我认为依然是重要的，这本书也远非准备充分的成熟之作，只是在2010年，我的身体和心灵都遭遇到了这个问题，这当然是一种狭路相逢，但却无所谓勇者胜还是懦者败——在历史面前，我们还远远谈不上勇敢。不过是在2010年代，80后还是一个正向的代际指认，蕴含着某种历史的势能和可能的希望，因此，长辈们如李陀、阎连科、欧阳江河等等鼓励我大胆地表达，即使这种表达可能会带有冒犯性。一晃就过去了十年，在大众的舆论里，80后不再是热词，即使偶尔提及，也带有更多负面的阴影：人到中年，青春颓败，上有养老压力，下有育娃焦虑，谢顶白发啤酒肚，似乎一代人就这样零落成泥碾作尘。不过在我的私心里，总觉得有些东西还远远没有结束，也许才刚刚开始。

2019年，我在接受北京青年报的专访中这么说过："我们有权力去想象未来的一种可能性，这个可能性在我这里很朴素。多元化会进一步得到尊重，建立在多元化之上的社会发展形态也会得到尊重，大家不会认为世界只有一个方向，过去对全球化的方向的理解就是欧美文明的方向。东亚地区这次的表现确实在提醒我们，建立在多元文化、区域文明基础上的多样性的选择会受到尊重，但是这种尊重的前提在于我们依然活在整个文明体系之中，必须满足充分的文明尺度——生存权和发展权。不管任何一种制度，必须保证公共医疗、公共教育，充分的就业，社会福利……这些没有，要以一个文明国家参与全球化的竞争或博弈是不可能的。"这里或许有一种浅薄的历史乐观主义，但是，今天我依然坚持这种"浅薄"。

在2023年春天的几次演讲中，我在北京、上海、长沙三地遭遇到了同样的提问，提问的已经不是80后，而是00后，其中上海图书馆的一个长相俊美的男生几乎是哭着提问，他说："我觉得自己只是历史的材料而已，我不想这样，怎么办？"

我其实并不能回答这个问题，我的回答含糊而笼统，但却是真诚的，我说："我恳请你们相信历史的辩证法，并兴高采烈地忍耐和生活。"

5

是的，一切似乎结束了，一切又似乎刚刚开始。我在2018年的一首诗里写道："我只向菩萨低头/我满月一样干净的心呀/四十年家国/如此骄傲如此难过。"满月一样的心是什么样的心？最好的结局是少年万里屠龙，归来依然明月皎皎，清风徐徐。最坏的结局也不过是屠龙少年变身恶龙。也许还有另一种选择——"朱泙漫学屠龙于支离益，单千金之家，三年技成而无所用其巧。"——屠龙和龙都是假的，这是中国古典的智慧还是遁术？我无法判断。2003年我第一次来北京的时候，冬雪皑皑；2004年我来北京的时候，杨柳依依；2023年我生活在北京，有阳光、玉兰、蔷薇和沙尘。在4月的一个中午我参加完"主题教育动员部署大会"，然后走上过街的天桥，我要去对面的超市买一份明天的早餐面包。天桥上有匆匆而过的人流，他们神态自若地看了看我，我也神态自若地看了看他们，我记得我要穿过他们的目光去对面的超市买一份明天的早餐面包，我毫无愧意的深心中突然响起一句箴言："Ataitu——我来了——"

　　是的，Ataitu，2023年。

　　Ataitu，10.9元一包的面包切片。

　　Ataitu，那些消失于地平线的屠龙少年……

2023.4.18，北京

Part4

访谈

"其实我所写不及我所想万分之一"
——韩欣桐、杨庆祥对谈

1. ChatGPT:"以其是为是"

韩欣桐:杨老师您好,非常荣幸能够对您进行访谈。总是能够听到一句话,说您是严肃文学里最关心科幻的评论家,阅读您的文章可以发现,其实您关心的不止文学作品中的科幻题材,真正能够吸引您注意力的议题是人类与科技之间的互动关系,比如您从2016年就在关注人工智能的发展问题,AlphaGo战胜李世石后,您曾发问:"阿尔法狗会写诗吗?"果然过了三年,微软小冰就开始"写诗"了,2019年您发表了两篇关于AI的文章《与AI的角力——一份诗学和思想实验的提纲》和《AI写的诗可以成为标准吗?》,从这两篇文章可以发现,您对该议题清醒且有着预言性,清醒在于您始终认为这是人类自身的发展问题,AI是一面敦促人类变革的镜子,但同时您又警惕于自己的人类中心主义立场,预言"人工智能最后会成为超越人类的新物种",2023年这个预言似乎正在向现实迫近,最新一代AI ChatGPT向世界展示了自己极为强大的功能,很多人都嗅到了变革前夜的气息,似乎您的预言会更快的成为现实,您对ChatGPT怎么看?

杨庆祥：这个问题问得非常好，前面几篇文章你也都认真看了。当初 AlphaGo 出来的时候我确实是非常震惊的，这是我们过去的视域里所没有的东西，我们以前虽然用智能手机之类的产品，但这些只是非常简单的一种智能，后来 AlphaGo 出现了类似于人类智慧的智能，它居然能够下围棋，还能够打败围棋高手，我们都知道围棋代表的是人类非常高级的智慧。

韩欣桐：是的，对弈展现的是一种筹谋和策略，需要对自我和对方有清晰的预判，属于人类顶级智慧。

杨庆祥：对，著名的围棋圣手吴清源曾说过，两百年后，我要在宇宙中与神下棋，那时候人类对自己是多么自信啊。但是 AlphaGo 把棋手们打得落花流水丢盔弃甲，我当时在一片焦虑之中，还有一点人类中心主义，问阿尔法狗会写诗吗？意思是即使人工智能可以下棋，它也依然没有比较高级地使用语言的能力。但后来很快，小冰就开始写诗了，在我的预设中，机器写的诗不会那么好，但实际上，小冰的诗比我想象中的要好很多。这是两次人工智能给我带来的震惊感。本雅明在讨论现代性时提到了震惊，AlphaGo 和小冰对我来说是"未现代"给我带来的巨大震惊，"未现代"是我自创的一种表达，指"未来现代"，对应于前现代和后现代的一个词。这两次震惊对我思考的影响是颠覆性的，也正因为这两次震惊体验，ChatGPT 出来后我就非常淡定了。在最近的几次演讲中，我至少两次谈到了 ChatGPT，但是在演讲中我不叫它人工智能，我非常谨慎地称其为通用智能，但是通用智能这个名称其实也并不准确，通用智能意味着它还是一种人类可以掌握的通用技术，就像一个开放的操作系统，类似于 Windows，我们与其连接就可以操作和控制它。我觉得"通用技能"这个词依然不符合我对它的观察和判断，我认为称其为"全智能"可能更为贴切。你刚才也提到了我文章中有预言性的东西，我的预言就是，AI 可能会逐渐脱离人类的操控，摆脱

"人工"这两个字,随着时间渐渐生成自己的智慧、语言和情感结构。我在郑州的会上提到一个非常有意思的观点,我认为,人们选择人类创作的表现人类情感的作品,还是选择"全智能"所提供的艺术品,代表的是信仰的选择,而不是高低优劣的选择,因为在某种意义上,可能没有高低优劣之分,因为"全智能"自身也有自己更高级的形态,很有可能下一代 ChatGPT 就有了自己的世界和哲学,在这个意义上,我们没有办法进行高低优劣的比较,而只能与之进行对话。那么这个时候,我们选择哪一方,是一个立场问题,更是一个信仰问题,而不是一个谁更好谁更坏的问题。我调侃了一下会议现场的一些小说家们,我说未来如果人类与 ChatGPT 这样的"全智能"必有一战的话,长篇小说可能是非常重要的战场。

韩欣桐:当我们进行这种选择的时候,我们在潜意识中其实已经默认"全智能"已经是一个独立于人类的族群,或者是"新物种"了。1950 年,科学家图灵提出了图灵测试,以判断机器是否获得了思考能力。这一测试实质上检测的是一种类人性,也就是在何种程度上机器的思维模式会与人类趋同,当我们听说某机器极有可能通过了图灵测试便会产生巨大的恐慌,似乎只有通过测试才能说明新物种生成了,但是实际上,成为一个新物种,似乎并不需要与人类相似,人工智能完全可以是一种与人类在思考方式上有巨大差异的物种,例如科幻小说《索拉里斯星》中的海洋本身就是一个生命,形态无法定义物种,那么思维方式也同样无法定义。

杨庆祥:对,图灵测试是一种属人或类人的测试,以人类的情感、语言、思考模式为参照系,但是"全智能"很可能不会以此为参考系,它会以自身为参照。图灵以人类为参照系制定测试,实际上依然是主奴结构的思维路径,即我是主人,你是奴隶,你要为我所用,这是比较乐观的人类中心主义的认知,但实际上,该主奴结构可能会被颠倒,这就是比较激进和悲观的预测,即机器会变成主人控制人类，所以才会有阿西莫夫的机器人三定律。除此之外，还有第三种可能性，在这种可能性里，既没有以往的主奴结构，也没有颠倒的主奴结构，而是根本就不存在主奴结构，就像当下的人类并没有控制空气或是环境一样，机器也可能会像空气或是海洋一样自成一体——以其是为是，而不是以人类之是为是。

韩欣桐：主奴结构是会让人恐惧的。人类害怕机器人掌控人类，但似乎人类控制机器和技术的话也并不会那么令人感到乐观，很多人认为如果 AI 继续为人类所掌控，那么人类社会可能并不能出现"解放"的可能，1961 年马尔库塞在《爱欲与文明》里就指出："设想一种非压抑性文明……即使承认这种可能性有理论依据，是科技成就的一种扩展，也还是必须注意到，正是这些成就在为相反的目的服务，即为维持统治者利益服务。统治的方式已经发生了改变：它们越来越变为技术的、生产的甚至有益的统治；因此在工业社会的最发达地区，人们同统治制度的协调与和解已达到了前所未有的程度。"也就是说，技术会变成一部分人控制另一部分人的更为强力的工具，社会有可能在高度发达的技术之下凝固而失去变革的力量。

杨庆祥：这个恐惧背后的思维模式依然是把 AI 当成一种辅助的工具，用来控制和奴役人，其中涉及谁来使用 AI 的阶级问题，但是我刚才所畅想的远景，即第三种可能是：人既不控制 AI，AI 也不控制人，它们在各自的文明体系里发展，这两个不同文明之间可以进行对话，并以彼此为镜像。人类目前最大的问题就在于没有镜像，因为没有镜像，我们只能在懵懂中一条路走到黑，找不到自我定位的参照和对比。远古时代有巫，前现代有宗教体系或者神灵体系可以作为人类的参照，而现在这些东西已被祛魅，此后人类就没有了"镜子"，人类中心主义和技术主义便大行其道，于是 AI 也被想象成控制人的工具之一，人永远生活在控制与奴役之中，这也是尼采所讲的主奴结构。所以，AI 在我眼中不是一个技术问题，而是人类问题或政治问题，在我所想象的远景中，是没有这种奴役和控制的，当然这是一种非常乐观的想象，这是一个人文主义者对理想世界的展望。

韩欣桐：我也很期待一个这样的未来。这个未来是极有可能实现的，人类基于对空气、水、食物等资源产生的迫切甚至生死攸关的需求，在 AI 那里可能完全不存在，底层生存逻辑的不同可能会导向不同的文明。

杨庆祥：也许不是在未来出现，不是在进化论意义上的未来，而是在某一个分散的中心点出现这种情况，如果人类社会是一个网络结构的话，也许这个网络系统中的一部分还维持主奴结构，但在另外一些地方是没有主奴结构的。我们可以有一种更为乐观的想象，在目前的主流表达里面，AI 是我们控制和监视别人的辅助工具，但也有可能在尚未被主流发现的少数族群中，"全智能"已经变成了一个他者，一个我们可以与之互动交流的新物种了，在像泰勒所讲的那样的小社区中，这种情况极有可能已经发生了，这绝对是科幻小说的好题材，你可以写一篇。

韩欣桐：这绝对是很天才的想象，我们总是预想社会整体性的变化，说不定在小社群里新的人机关系已经诞生了。说到写小说，我们聊一下 AI 与文学的话题吧，当前 AI 在绘画、诗歌等艺术领域达到了很高的水平，柏拉图认为"艺术是前世的回忆"，AI 的高超之处在于其可以在极短时间内回忆无数艺术家的"前世"，在创作所需时间和平均质量方面，似乎都胜过人类，不久前，余华谈到了 AI 对文学创作的影响，他认为伟大的作品是建立在"不完美"上的，AI 的创作则太"完美"，"它可以写出比较中庸的小说，但写不出有个性的小说"。当下看起来，似乎 AI 对文学艺术的入侵还没有那么严重，但如果给 AI "喂食"足够量的优秀"瑕疵"作品，它是否也会产生出充满个性的"不完美"伟大作品呢？就像绘画中的高级赝品连瑕疵也一同复制一样，按照当前 AI 的发展速度，极有可能会很快实现，您怎么看这个问题？

杨庆祥：这个问题其实跟刚才的问题是相通的，之所以会有这种担忧，其实还是把 AI 当成了一种辅助工具，我们以 AI 为工具去完成我们脑海里想象的绘画、小说、诗歌的形态，但实际上，我们对小说形态的认识是基于我们自身既有的对小说的理解，AI 可能会有另外一种小说形态，以 AI 为主体对象来进行交流的人那里，他们对小说的理解可能也跟我们以及余华的理解是不同的。所以，这些问题的前置问题都是我们有一个既定的小说应该是怎样的标准，有了这个标准，我们才有对"完美"小说和"瑕疵"小说的判断，但如果清除掉这些既定标准，这就不会成为一个问题。我们的想象力打开多大，AI 就有多大的可能性，它会创造出我们根本想象不出的小说的形态，当然我的信仰依然是人类的在既定标准中的小说，但这只是我的信仰，我不能因为自身信仰而排斥或压抑对 AI 可能性的想象。

韩欣桐：我们有时候思考这个问题会以一个平视的视角去审视 AI，把 AI 当成工具或对手，但实际上应该像您一样，以一种抽离和俯视的姿态观察人与 AI 的关系。

杨庆祥：平视的视角是一种自我的视角，而不是第三方的视角。可能在第三方眼中，人类就如同浮云一般，当然 AI 也是，但人类与 AI 是平等的，虽然两者可能有各自不同的语言、情感和哲学，如果有造物主的话，那么在造物主的眼里，每一样东西都是完美的。当下人类的问题是，人类妄图僭越造物主的位置，以造物主自居，人们认为 AI 也是我制造出来的，需要被控制或评判，但可能真正的造物主不会同意这个说法，这个时候，AI 无限的可能性就显现出来了。

韩欣桐：人类社会似乎正在走向"同质化"，周围是相似的住宅、商场，个人经历也基本趋同，最为极端的一个世界均质化的象征可能就是前段时间热炒的元宇宙概念，在"元宇宙"中消费者体验高度一致，个体差异被消解，个人开始虚拟化和符号化，在一个高度相似的世界里，现实经验可能无法为文学提供养料，您在一篇文章中提到当前青年写作存在"虚拟化"现象，以及作为时代痼疾需要被克服的"泡沫化"现象，您怎么看当前青年写作与现实之间的关系？

杨庆祥："泡沫化"指的是对某个主题或现象的大量重复性书写，比如有一段时间80后特别喜欢书写在大城市的窘迫生活，还有一些作家热衷于写农村的贫穷和无望，"泡沫化"书写在不断重复相似的经验和表达方式，我对这种写作是持否定性态度的。但是"虚拟化"不一样，我是肯定"虚拟化"的文学价值的，主要原因是，现实的"同质化"可能是一种景观的呈现，这种景观是有问题的，我们眼睛看到的现实可能并非真正的现实，因此对于"现实"我们需要做一下区别，眼睛看到的"现实"是现实的景观，而不是现实关系，用马克思观点来看，我们应当看到的是景观背后的政治经济学意义上的本质，这才是真正需要观照的东西。一个真正优秀的作家是那些能够识破现实的景观，深入到景观背后的结构和关系中去的作家。我们总是以线性时间去丈量历史，好像历史就是过去，现实就是当下，但是并不是，现实不等于当下，历史也不等于过去，过去与未来凝聚在当下一刻，真正的现实主义是把握住当下这一刻的现实主义，所以在这个意义上，陈春成的《音乐家》和黄锦树的《迟到的青年》是现实主义的写作，这种书写中的虚拟是值得肯定的。

韩欣桐：AI的存在让人越来越意识到似乎有一个大他者或者说造物主的存在，现在有很多作家的书写开始表现这个层面，关注宇宙、命运等话题，AI的发展是否正在召唤一种新的世界观？从改革叙事、奋斗主义走向一种体现灵性智慧的哲学？

杨庆祥：可以沿着上一个问题的思路去思考，停留在生活表面的现实主义是"浅现实主义"，与此相对的是"深现实主义"——这是我发明的两个新说法。所谓的改革、奋斗还是在浅现实主义的层面上来思考问题，而真正的现实主义应该是一种垂直而不是平面的现实主义，垂直意味着历史和未来的势能在一个点上积压，一个优秀的深现实主义的作品则是能够将积压的火山引爆，让我们在喷涌中看到所有问题的景观和结构，那么浅现实主义就局限于表层展现生活和日常，所以在这个意义上，重要的是深与浅的问题，而不是哲学的种类问题，AI 可能会提供很多哲学，不一定是灵性的哲学，即使是灵性哲学也有深浅的区别，改革叙事和奋斗主义也是一样的，作家需要思考的是如何把这些表层生活加深。

2. 历史：不屈服的"抗辩"与"逃逸"

韩欣桐：您一直是一位深具历史意识的学者，"历史"这个词是您文章非常重要的关键词。2021 年自您发表《新南方写作：主体、版图与汉语书写的主权》一文后，"新南方写作"成为文学界的重要话题，在您第二篇厘定"新南方写作"概念的文章《再谈"新南方写作"：地方性、语言和历史》中，您强调了作品从"中心/整体性"的权利规制中逃逸的特点，尤其强调了"新南方写作"所应具备的历史质地："我对'新南方写作'的期待，其实也是对一种历史认知更新的期待，在真正的'新南方写作'中，历史不是题材，更不是某一教义的附庸，而是一种抗辩、一种主动的逃逸、一种基于真实生命体验的建构。"从文学创作和现实生活两个层面，如何理解对历史的"抗辩"和"逃逸"？

杨庆祥：这是我的一个基本的历史观。无论是生活还是写作，个人的行为不应该是服从性的。人们大部分的思考和行为模式都是按照既定轨道进行的，这些既定轨道包括学校教育模式、家长教化模式、媒体宣传方式等等，不论是996还是来一场说走就走的旅行，这些都是被给定的东西，而且在现代社会里这些被给定的东西往往是被商业所操纵的。我个人认为，无论是写作还是生活，最重要的是在真实生命经验里生成我应当怎样生活和写作的理念，你会发现那些发挥了强大影响力的写作者，在某种意义上都是这样的人，比如陶渊明，按照既定的社会观念，他在成为县令后就应该继续在仕途上发展，但是他没有，他从既定观念里面撤退出来了，这种撤退就是一种主动的逃逸，这种逃逸与门罗的《逃离》是不同的，门罗笔下的逃离是在懵懂中发生的失败的逃离，而兰波、李白、陶渊明都是一种主动的逃逸，这种主动逃逸就是一种对历史的"抗辩"，这就是我所说的不屈服。"新南方写作"就携带着"抗辩"与"逃逸"的特征，之前接受采访时，记者问我如何用一句话总结"新南方写作"，我的回答是"新南方写作"就是一种不屈服的写作。

韩欣桐：这种抗辩和逃逸是很难的，一方面需要勇气，另一方面需要智慧，因为有时候社会给定的理念是以一种隐形方式暗中运行的，个体被裹挟其中很难有所察觉，于是便随波逐流。在《浪漫的谎言与小说的真实》这本书里提到了欲望的模仿，作者认为这种随波逐流与人的特质有关："人身上有一种'存在'的不足，每个人都会隐隐感觉到。因此从孩童时代起，我们就强烈地渴望，但不一定是带着深思熟虑去渴望。我们听任大多数人的意见引导。我们还常常摹仿一个我们崇拜并希望自己与他相像的人。"于是我们就在无意识的摹仿欲望里失去了主体性，我感觉您是一个对自己的起心动念都十分警醒的人，非常注意不让自己陷入到欲望的摹仿中。

杨庆祥：当然，我曾经有一个《北京青年报》的采访，标题很酷，叫《任何试图对我施加影响的人我都会远离他》，这就是我的一个自我要求，以此保持我的特立独行，虽然很多时候是做不到的，但是我们应该有那样一种警惕的时刻。

韩欣桐：您的《黄金时代"备忘录"》描述的是 2008 年至 2019 年这个时间段，2019 年到 2023 年也是一个十分值得记录的时间段，其中可能隐藏着社会心理变化的线索，如果书写该时间段的"备忘录"，您会选择怎样的生活化场景去切入呢？

杨庆祥：我已经写了（笑），只是这篇文章我没拿出来。生活场景就是 2020 年庚子年大年初一，天降大雪，我开车去另一个小区给父母送吃的，整个城市空无一人，那时体验到了一种科幻感和历史感并存的感受，这个事情在过去似乎发生过，就像是在未来发生了过去的事情。我在 2016 年写过一首诗，是因为当时做了一个梦，梦见整个城市变得空空荡荡，醒来就写了这首诗，现在看来很有预言性，其中有一节是，"繁华的北京只有他一个人/北京在那个清晨奇怪地停止了/运行。他号啕大哭"。

韩欣桐：在《九十年代断代》中，您以一段童年回忆开启了对九十年代的梳理，您和您的叔祖父从家乡乘船辗转去往南京，这个迁徙的经历就像一场微缩的进城叙事，在宏观层面，又与中国走入世界形成了同构性互文。迁徙，这种空间的转换，是带有强烈时代特征的，它改变了经验的累积方式，福柯在《不同空间的正文与上下文》中说："我确信，我们处在这么一刻，其中由时间发展出来的世界经验，远少于连系着不同点与点之间的混乱网络所形成的世界经验。"您觉得"迁徙"可以被看成是九十年代的关键词吗？

杨庆祥：当然，迁徙在九十年代非常关键，是我一直强调的流动性。中国历史上有很多流动性，但是九十年代的流动性在范围和人数方面都变得极为突出，所以流动性在理解九十年代方面就变得特别重要，如果用一个词来概括九十年代，这个词就是"流动"或者"大迁徙"。

韩欣桐：而且是一种自主的迁徙。

杨庆祥：不是自主的，恰恰是由政治和经济因素驱动的。

韩欣桐：是否需要与上山下乡那种迁徙区别一下？

杨庆祥：当然，如果与上山下乡比较，九十年代的迁徙确实带有更多的自主性，但是这种自主性也是在一个社会结构里面发生的。上山下乡那种迁徙现在看来是有一些盲目性在其中，人们其实不知道自己要去做什么，当时人们出于一种信仰去到陌生的地方，但是自己具体能做什么是很懵懂的，比如食指的诗《这是四点零八分的北京》。九十年代的迁徙很简单，目的就是去赚钱，目标非常明确，主要是去珠三角。安徽是劳务输出大省，大部分人是去广东，还有一部分去福建，主要在服装厂或是鞋厂，赚钱之后是盖房子，所以"迁徙"是九十年代的一个大词，它背后是有着非常明确的历史理性的，在上层看来就是要发展经济来打破困局，在这种思路下普通人被激发出来的想法就是去赚钱去过更好的生活，在九十年代这个梦想就慢慢实现了。

韩欣桐：九十年代似乎没有《80后，怎么办？》里面书写的那种"失败感"。

杨庆祥：在一个不确定的秩序里面，成功是侥幸的，大部分人都不是那么幸运的，即使是在九十年代，也并不是很多人获得了成功，只能说很多人比以前的生活过得稍微好了一点，生活温饱，有一点小钱可以去娱乐，但是这也不能算是成功，正是因为曾经大家在贫困线上挣扎，所以生活稍微好了一点，大家便充满了希望。九十年代一些人赚了一些钱，那是一个起点。到 2000 年以后，随着房价、物价的上涨，GDP 的暴增，这个时候你就能够看到自己的差距，所以就出现了《80后，怎么办？》里出现的问题，会有一种心理上的落差，贫穷在某种意义上是比较概念。

韩欣桐：90 后、00 后可能也要面对相似的问题，您怎么看"躺平""内卷"这些词？

杨庆祥：在河南的时候，有个记者也问了相似的问题。这个问题要进行多面的分析，因为其中涉及的因素太多了，这些词不是一个简单的情绪的表达，即使是情绪的表达，所有的情绪都折射出其背后的社会结构的问题。我们可以从几个方面去讨论，第一，经济周期现在进入了下行期，经济是一个具有周期性的重复性结构，你如果去看宫崎市定的《中国史》就知道，宫崎市定是通过经济的景气与不景气来论述中国王朝的兴衰的，当经济不景气的时候，帝国就会出现问题，当经济景气的时候，再大的问题帝国也可以解决。我们现在经济进入到一个下行期，不会有无限的增长，没有增长，对普通人来说未来的许诺就没有了。第二，与经济周期的下行相比，在过去的二十年，欲望的阈值是被一步步拉升的，我们想要更大的房子，更有品质的生活和更有尊严的工作，但在经济的下行期，这些东西恰恰是无法满足的，在这种情况下，年轻人该如何选择就变成需要面对的问题。此外，在一个社会结构里，年轻人往往是弱势群体，父辈已经拥有很多资源的人除外，大部分普通的年轻人是一无所有的，在这种情况下，所谓"内卷"就是越来越优秀的人去抢夺越来越少的资源，当年轻人意识到这个游戏背后荒谬的规则，意识到即使抢夺到资源也无法过上理想中的生活的时候，就会出现"躺平"，即消极抵抗或消极自由主义，积极自由主义是指我们要去改革，要去创造属于自己的生活，消极自由主义则是放弃了与世界的互动，不加入到这个游戏规则里面。如果在社会保障体系非常完备的社会里，躺平的可能性会更大，但是在弱社会保障体系里面，躺平就会带来很多灾难性的后果，比如饥饿或是犯罪等社会极端事件。

韩欣桐：现在还出现了一个有意思的词，叫"全职儿女"。

杨庆祥：对，这也是经常被拿来讨论的，当全职儿女是有条件的，父母必须有退休金，否则一家人没有办法生活下去。

韩欣桐：是的。九十年代以"迁徙"为特征的经济腾飞和社会变革在八十年代就已经初露端倪，进城叙事在八十年代成为一个重要的文学史主题，例如路遥的《人生》和《平凡的世界》，已经成为研究八十年代转折期重要线索的典范性文本。比较有意思的一点是，路遥的《平凡的世界》描写的是1975年至1985年之间的故事，他完成小说的时间是从1982年到1988年，也就是说，路遥是在书写身处其间的当下的历史，并在写作中显露出某种对历史的觉察和规划。虽然现在也有很多书写当下的文学作品，但是出彩的作品似乎不多？

杨庆祥：其实路遥的《平凡的世界》刚出来的时候也并不被认为是优秀的，他的文学史地位是随着历史变动慢慢获得的，同样，很多书写当下的作品也是过了很多年之后才获得认可。路遥之后书写当下的作家作品比较典型的是余华的《第七天》，他所使用的就是我们之前聊到的深现实主义手法，小说书写的是极具现场感和当下感的题材，里面有很多是当时发生的新闻事件，当时我批评了《第七天》这一点，但是根据最新的数据显示，这部小说正在获得越来越多的年轻读者。也就是说，写当下的作品可能不会获得即时性的认可，它需要时间沉淀，很多新闻可能已经消失在历史里面，但是小说却将那段历史保留下来了。所以，在AI的写作还没有横空出世之前，小说还是有着很重要的历史建构的功能，不仅如此小说还有档案所没有的趣味性，人们更愿意阅读小说而不是历史档案，你想想我们想要了解三国，有多少人会选择去读《三国志》呢？大部分人还是会选择去读《三国演义》。

韩欣桐：您曾在与杨晓帆老师的访谈中提到，您对路遥的研究欲望来源于博士一年级观看《人生》这部电影时所获得的触动，这份感性的情绪力量和切身感促使您深入到路遥的世界，写下了客观谨慎却又打动人心的研究文章，您的《路遥的自我意识和写作姿态——兼及1985前后文学场的历史分析》《妥协的结局和解放的难度——重读〈人生〉》等文章一直是后辈们反复学习的对象，对您来说,路遥也是您由历史审视当下的重要坐标之一,在您的许多思考中都可以发现您对路遥的一次次重返。站在 2023 年的时间节点上回望路遥和他的写作,请问您是否又有了新的见解,能够分享一下吗?

杨庆祥: 现在看起来,路遥是有一些幼稚的,虽然他很热情。如果从他描写改革的想象和期待来说,还是稍显幼稚了一些。在路遥书写改革的时代,柯云路发表了小说《新星》,在这部小说里提出了"冷峻的现实主义"这个说法,《新星》里的李向南有非常清醒且冷峻的现实主义理念,这种理念在 1950 年代出生的这一代人身上显得尤为突出,他们认为可以通过冷峻的现实主义将中国的改革推向一个新的历史阶段,实现他们的革命理想和信念,但是事实却并未如他们所预想的那样,所以他们并没有通过冷峻的现实主义实现社会变革和发展的预期,相对于小资产阶级的幼稚病,我觉得他们犯了热情的幼稚病,所以我会降低对路遥的评价,有一段时间我对他的评价是非常高的,但是现在我需要站在新的历史节点上对《平凡的世界》进行降格性的重评,对余华的《兄弟》做一个升格性的处理。

3. 创造:"好玩和有意思非常重要"

韩欣桐: 在学术研究之外,您的诗歌创作也一直在同步进行,不论是《我选择哭泣和爱你》还是《世界等于零》,一直深受读者喜爱,您的诗歌有一种会令人沉溺的节奏和意境。我发现您非常看重诗歌的"原始性"或者"原初性",比如您在接受王文静老师的访谈时曾说:"我是觉得如果这个'精心雕琢'能够让诗歌更加有原初性,那么这个精心雕琢就是好的。相反,倘若它对诗歌的原初性造成了破坏,那就是非常糟糕、很低级的表达方式。"在接受张高峰的访谈时又再次强调了这一点:"如果人类的写作——也包括一切创造性的工作——不能回到一种原始性的起点,那么就很有可能被 AI 代替。"您能具体谈谈诗歌的原始性吗？

杨庆祥：原始性的本质就是通灵，是诗歌作为"巫"的层次。在一个被训练过的写作的语境里面，我们忘记了诗歌本身其实是有着通灵的功能，这种通灵的功能是无法训练的，它属于直觉范畴，类似于"出神"，一种瞬间与世界的链接与打通，我们也可以用其他词替代"世界"，例如"神""上帝""万物""道""逻各斯""真理""冥契"等等，这就是诗歌的"原始性"，很难通过训练来获得的原始性。

韩欣桐：所以亚里士多德会在《诗学》里指出诗人描摹的是"可能发生的事"，反映的是普遍性的真实，这也许同样是您所说的诗歌的"原始性"的重要特征。您在写诗的时候，实际上是处于一种类似"出神"的状态中吗？

杨庆祥：是的，我的诗歌的发生学是出神的状态，我的每一首诗都源自我在瞬间捕捉到的讯息，具有一种通灵性质，但实际上我生活在一个被训练的语言和历史语境中，所以我只能用人类的语言将其书写下来，其实我所写的不及我所想的万分之一。

韩欣桐：其实训练也是有用的，它能帮助你更精准地描摹捕捉到的感受。

杨庆祥：这就不是我所讲的原始性，原始性是完全拒绝训练的，后天的训练我知道不论是在玄学还是神秘主义的谱系里面都是很强调的，从另外一个层面上讲，这种训练是有必要的，比如你要更好地表达，更熟练地去处理经验，但是我所讲的原始性是混沌的，无法通过训练使其更清晰。

韩欣桐：您在什么时候会没有诗情，有没有写不出诗的时刻？

杨庆祥：大量的时间都是无法写诗的，当你被日常规范化的生活所控制的时候，是没有办法获得灵感或是达到出神的状态的。我特别容易在旅途中捕捉到一些东西，在流动性中获得灵感的降临，旅途毕竟是一个与日常经验不太一样的空间。高铁、飞机、地铁组成了流动性的空间和时间，在这种不固定的时空中，会出现灵感降临的精神缝隙。

韩欣桐：您的学术文章与诗歌写作都非常引人入胜，但似乎存在两种情感底色，就像在诗集《我选择哭泣和爱你》的一篇评论中写道："作为学者的杨庆祥理性、冷静、犀利，而作为诗人的杨庆祥则呈现了另外一副面孔：感性、敏感、细腻。"一般人很难将两种截然不同的特质融合在一起，或者存在两种特质却无法自由切换，我觉得这是您非常独特的性格特质，您认同这个评价吗？

杨庆祥：这是一个比较老的问题，本来就不存在这样的二元对立，在我这里所有的一切都是同一的。

韩欣桐：前段时间上课，您鼓励学生们看一下学者上野千鹤子的书，您能谈一下对女性主义的看法吗？

杨庆祥：我对女性主义没有深入的研究，只能浅谈一下自己的认识。我一直相信人心里有一种非常宝贵的东西，在人心里所有的一切都是平等的，不但平等而且每一个存在都是独特且不可代替的，在这个意义上，男性是独特的是不可代替的，女性也同样如此，人们彼此尊重，共同完成，互相协作。历史上可能没有发生过这种情况，但是我认为人性中一直存在这样的倾向，但是这种倾向被扭曲了，我们把主奴关系也应用到了两性关系中来，所以我们的女性不论是在语言上、身体上、经济上、政治结构上，都被降格了，人类创造出了一套秩序把这种降格合法化了，女性主义正是为了反抗这种降格的处理。1960年代开始，部分人开始意识到了这种扭曲，并开始进行矫正，这一时期诞生了非常重要的女性主义理论。对于社会的扭曲要矫正到什么层面呢？女性被压迫的历史太久了，问题太多，所以针对不同的问题，会出现不同的女性主义的声音，有的会更强调经济的问题，有的更强调阶级，有的更强调生理性别的问题，于是女性主义就发展出了不同的谱系，我自己还是保持着原始朴素的男女两性关系的愿景，一个在历史上可能从来没出现过，但在人性中却一直存有的关系模式，在这种关系里，一个人的解放就是所有人的解放，一个人的自由就是所有男人和女人的自由，一个人的平等独立和个性化的形成，也是所有男性和女性个人化人格的形成。

韩欣桐：阿兰·巴迪欧在《何为真正生活》里对女性主义有一段描述："女孩—女人则要求一个更坚强、更成熟、更严肃、更合法也更苦难的消费主义和竞争性个人主义的版本。这就是为什么会有一个资产阶级的集权主义式的女性主义版本。它并不是号召创造出不同的世界，而是让女人来掌控这个世界的权力。这种女性主义要求女人当官员，当军官，当银行家，当高级经理，当议员，当政府官员，当总统。甚至对于那些不是这些角色的女人来说，绝大多数女人都是如此，她们认为这就是女性平等的标准，也是女人的社会价值。在这个意义上，女人就是无往而不胜的资本主义的常备军。"对于他的观点，您怎么看？

杨庆祥：这就是我刚才讲的，针对女性主义有不同的解读，阿兰·巴迪欧的这段话就是阶级的解读，所以他有深刻之处，也有自己的片面之处。他太执着于他的左派立场，在他的描述里，其实是把女性去差异化了，因为他认为女性是整体的资本的后备军，这是对女性非常不尊敬的一种说法，我是反对的，女性从来不是后备军，女性恰恰要打破后备军的存在，女性不是资本主义话语的修辞方式，而是切实的命运、生命、工作、学习，是一个个具体的人，是各自的成长与困境，而不是一个集团。我们什么时候把女性理解为一个个具体的生命，理解为身边具体的母亲、女儿、同事，这个时候我们就离真正的女性主义更近了一步，而不是理解为女人们、母亲们、女儿们，我关心复数的女性，但我更关注眼前一个一个具体的女性，她们都有自己的名字。

韩欣桐：除了女性主义，我还想了解您对其他事物的看法，您的关注点是非常丰富多元的，视野不只在文学领域，还有电影、装置艺术、科技等等，在这些"跨界"研究中，您获得了怎样的感受或者体验？能够聊聊文学之外的世界所带来的感触吗？

杨庆祥：谈不上是研究，我的感受就是好玩，我们不应该有一点游戏精神吗？这个世界就是一个大游戏，我们跟 AI 也是一场游戏。有很多艺术作品都在设想我们在地球玩的是一个矩阵游戏，这些作品就不一一介绍了，对我个人而言，我确实觉得这都是很好玩的东西，这些东西能够满足我的好奇心，如果只是诗歌或者小说，可能还不能完全满足我的精神需求，所以关注这些是出于我内心的需要，而不是为了社交或职业。我觉得"研究"这样的词总是需要打个双引号，如果研究仅仅是寻章摘句，那就是没有创造力的行为，我不喜欢道德主义的说教，总是让别人去受苦，有一种自虐的精神疾病的倾向，所以我一般会远离这些词，我的文章中也很少会用这些词。生命才是可感的，生命之树长青。

可能做得还不够好，但我一直努力传递更为丰富多元的东西，避免单一的价值指向。

4. 生活："转化"的自由

韩欣桐：在学校里，您的课一直广受欢迎，有很多其他专业的同学慕名而来，而您也总是非常认真地备课，在非常忙碌的情况下，基本每年都会更新自己的讲课内容。说起来从您 2009 年留校任教到今年已经有十四个年头，您愿意聊聊您与学生的故事吗？

杨庆祥：我是一个职业教师，但是我努力让我上课时不那么职业化。我会每年更新教案，因为我希望自己不是在传授刻板的知识和教条，而是在与一群鲜活的生命进行思想或是精神上的交流，我特别看重精神交流的默契和有效性，我可能并没有你形容的那么好，但确实有很多本院校或其他院校的同学听了我的课会有一些收获，这也是我感到欣慰的地方，这说明我的工作是有意义的。实际上，我不是一个喜欢上课的人，尤其是上大课，一般课堂规模超过了30个人，我就感觉不太好，因为我会追求跟每一个人产生链接，而不是像机器一样上课，下面是一张张无动于衷的脸和木然的眼睛，上一千人的课时就可能会出现这种情况。我也从来没有想象过自己成为一个演说家，演说家不是在做真正的知识的传授，演说家是在煽动和烘托情绪，我追求的效果是一个人在跟我交流时获得不一样的感受，有时是醍醐灌顶，有时是安静地进入到一个新的精神境界和内在深度里面去，当然这也许只是我一厢情愿，即使是跟我上课的学生们，也可能并没有这样的感受，但是这是我的一个愿望。我认为真正的精神交流只能在有限的人之间进行，所以我会拒绝无数的学生或是无数的读者，比如我的诗歌很少会拿去发表，我并不希求那种看不见的读者，我希望我的读者是一个一个有名有姓的人，这才是真正的读者，我不追求让自己的书成为畅销书，也不渴望成为一个网红老师或者有流量的作者，这都不是我追求的目标，所以我也会拒绝开抖音、快手或是B站，虽然也受到过邀请。

韩欣桐： 很少在访谈中读到关于您的求学时光的描述，现在的学生们往往很早就会为升学和工作烦恼，每天花大量的时间上课和参加各种各样其实自己并不感兴趣的活动，由自己支配的时间变得很少，不知道您在学生时代是否也会有这样的烦恼，是否也会偶尔浮于生活的表面，被规训性质的时间节奏所裹挟？

杨庆祥： 其实我一直都是一个不太守规矩的学生，所以在这方面的困扰相对来说比较少，比如我只会选择我喜欢的老师的课去听，其他的课我都不去，就在宿舍里睡觉或是去图书馆看书，快到期末考试的时候，就拿教材复习一个通宵，或是借坐第一排的同学的笔记看，我的要求很低，只需要60分，我每次都能考到70左右（笑），所以我没有学习方面的困扰，而且我从来不害怕点名，我总是相信老师不会记得我，即使点名下次也会忘记，事实证明我的判断是准确的。

我觉得我特别幸运的一点在于，在我整个求学阶段，无论是初中、高中，还是大学、硕士、博士，我基本上主导了自己的时间。初中的时候，那时候年龄小，被管束的时候会比较多，但是那个年代相对比较宽松，老师也没有管我们太多，到了高中的时候我就有很强的独立性和自主性了，我上的都是寄宿学校，父母也管不着我。关于自主性，我举一个例子，高三的时候，1999年左右，每个月都有高考模拟考试，我数学不是很好，原则上考完要立刻把试卷交上去让老师打分，但我从不交，考完后我就把试卷往抽屉里一塞，老师也拿我没办法，我不交是因为我知道自己哪里不会或者做错了，我等老师下节课来讲就好了，我没有必要以分数来判断自己，我的目的是把知识点学会，这是我的自我测试，我不生活在你的评判标准下。因为想做游侠和浪子，高中浪荡了好几年，每天耍酷、旷课，跟一帮朋友天天打游戏，看小说，看的都不是严肃文学，而是武侠小说，我可能会在自述里面写一下，其实武侠小说对我的影响非常大，影响了我的情感结构。

韩欣桐：您从小就是一个主体性很强的人。我们这一代可能很难，起码我自己可能永远都不敢不上课不交试卷。

杨庆祥：你成绩好啊，学霸就不用担心这些。

韩欣桐：不，还是太懦弱了，不敢反抗（笑）。

杨庆祥：那时候填志愿也是，都是盲填，我不会听父母的意见，我想填什么就填什么，想学什么专业就填什么专业。

韩欣桐：您在课堂上曾经提到，痛苦和卡顿的时刻对心灵来说是非常重要的，本雅明在《历史哲学论纲》中有一段相似的描述："思考不仅包括思想的运动，也包括思想的阻塞。当思考在一个充满张力的星丛结构中突然中断时,它将给星丛结构以震惊,思考由此结晶为一个单子。只有当历史客体以单子的形式出现时,历史唯物主义才去研究它。"您愿意聊聊痛苦和卡顿时刻吗?

杨庆祥:思考的阻塞和心灵的痛苦往往是"原始性"出来的时候,与"通灵"时刻是相伴而生的。痛苦是因为卡在一个点上,思考却无法通过,逻辑和经验在那里遭遇了困难,过不去于是就会卡住,因此就会痛苦。为什么是这样,而不是那样呢?于是你便卡住了,痛苦由此诞生。这其实是非常形而上的本体论的问题,不能从一般意义上理解痛苦的阻塞,不是我们日常生活里面的遭遇,例如在做某个研究的时候,研究不顺利卡住了,于是为了解决卡点就去查阅资料,这虽然也是卡顿,但它是非常形而下的,真正的思考的阻塞更接近于人生道路的选择,比如人生有两条路,你只能选择其中一条,但是这条路你并不想选择,于是你便卡住了,关键在于你如何将这种卡顿"转化","转化"是非常重要的,我们不一定要"通",它可能永远都不通,永远都卡在那里,怨憎会,爱别离,很多问题是没有圆满的解决方案的,此时就需要像弗洛伊德说的,你要升华,这是西方哲学的处理方式,在我的理解里,面对这种情况我就要"转化",这是东方的哲学,东方哲学讲究君子如水随方就圆,这个时候你可能就会获得自由。

韩欣桐:您作为一个主体性很强的人,这种阻塞时刻对您来说应该很少吧?

杨庆祥:非常多啊(笑),正是在不断的自我磨砺之后才获得了自己的主体性。

韩欣桐:您的评论文集《新时代文学写作景观》获得了第八届鲁迅文学奖评论奖,从这本书可以发现,您的学术关注点非常丰富,从当代青年写作、非虚构写作、新南方写作、科幻文学到诗歌研究,而且您很善于命名,比如"新伤痕文学""科幻现实主义""新南方写作"等等。您似乎总是能够在迅速变化的文学现场捕捉到历史变动的痕迹,但与其说您是想将文学现象凝固下来,不如说您是在文学的现场发现一条条不断变化的潜流,我能不能说您是一个热爱"变化"的人?如何处理好"变化"与"纵深"之间的关系?

杨庆祥:变化即纵深,没有变化就没有纵深,你所讲的纵深,都是因为有很多很多的变化,如果没有了变化,那么所有的一切都是凝固的,也是平面的,对我来说捕捉变化便是捕捉纵深。

韩欣桐:嗯,但是对于我们这些还在学习的学生来说,可能很难做到,没有能力去关注如此多的文学现象。

杨庆祥:那你就积蓄自己的能量,我在博士的时候也有同样的疑问,不知道自己如何跟如此庞大的文学现场共舞,似乎现场变化得太快了,很难跟进,其实不是,你之所以感觉变化太快是因为你还没有进入到那个舞池,当你进入舞池跳起来的时候,你会发现你们之间会有相似的节奏。事实是很多人永远都在岸上,永远不去舞池,那就会永远跟不上变化,你就会觉得离现场和纵深是多么遥远,实际上,这也意味着你离历史是多么遥远,所以大部分人会转身扑到一个凝固的、静态的东西上,因为那个东西没有变化让人觉得很安全,而这不是我的个性,我的个性就是要去跳舞。

韩欣桐:枕边书是一个有意思且有意境的词,睡前时光意味着一天俗务终结,迎来属于自己的放松时刻,此时阅读的文字可能是最为贴合心灵的安适选择。请问您有睡前阅读的习惯吗?您的枕边书是哪些呢?有没有反复阅读常读常新的篇目?

杨庆祥:这是有的,我的枕边书很多,莎士比亚剧作,里尔克的诗,《红楼梦》。阅读是会遗忘的,所以需要反复阅读,反复阅读既能带来精神上的愉悦,也能带来思想上的纵深。我前几天在课堂上跟大家分享了里尔克的《秋日》,"主啊!是时候了。夏日曾经很盛大。把你的阴影落在日晷上,让风吹过牧场……",本科的时候,里尔克是我热爱的诗人之一，对我影响很大，那个时候阅读里尔克，会感觉到语言的优美，有一种神性在其中，但是现在重读，会读出里面的悲苦和救赎的无望，以及一些很复杂的东西，十八九岁的阅读和现在的阅读都是不可替代的，它们会彼此互相呈现，这些反复阅读的文字会构成你灵魂的一部分，一个人的灵魂是由无数人的灵魂构成的。

韩欣桐：这可能会提供给读者更加深入地阅读您的诗歌的方式，有时候在您的诗中能看到里尔克、荷尔德林、保罗·策兰等诗人的影子。您当下的生活状态是怎样的？您对当下的生活状态感到满意吗？

杨庆祥：对当下的生活状态有满意的地方，也有不满意的地方。满意之处在于我可以在志业和工作中找到平衡，社会是一本大书，我可以从不同侧面去阅读它，可以从文学、诗歌、雕塑、电影的角度去阅读它，充满了各种各样的发现和可能性，这让我感觉非常有意思。不满意的地方在于，我依然被"效率时间"所控制，人会变成时间的机器，在某种意义上，这是对自己的一种背叛，刚才讲过，我从高中就开始独立自主地分配时间和对价值进行判断，而我现在丧失了自由定价的权利，所以我会觉得很烦，说得好像很玄很学术，但其实用一句大白话形容就是，琐碎的事情太多了（笑）。

韩欣桐：刚才说到琐碎的杂事太多，您确实做了好多事情，除了学术研究之外，您还承担着繁重的教学任务和学院的行政工作，但每次出现您都神采奕奕，带给同学们精神上的振奋，似乎从来都没有疲惫感。

杨庆祥：当然会时常感到疲惫，只不过我尽量不让大家看到我疲惫的一面，尽量会做好充分的调整之后再出现在大家面前，因为我的原则就是自己的累自己受，自己的苦自己解决，任何时候都不要去打扰别人。所以你看到的那个形象可能只是一个景观，当然这也是我希望大家看到的景观，也许有一天这个景观会发生变化，但是我会尽我所能如我所愿地去生活和工作。

韩欣桐：如果有时光机回到过去，您会对十年前的自己说什么？

杨庆祥：这个问题稍微有点科幻。十年前我是三十三岁，我可能会说，你在任何时刻都是你应该有的样子，都是好的，继续这样走下去吧。

韩欣桐：谢谢杨老师接受访谈，跟您交流学到了很多，很有启发。

杨庆祥：也谢谢韩博士准确、深刻且有趣的提问。

2023 年 4 月 16—25 日

杨庆祥创作年表

一、文学创作年表

1998 年

诗集 ｜ 《在边缘上行走》 ｜ 中国三峡出版社 ｜ 1998 年 5 月

2002 年

组诗 ｜ 《存在》《孤独的牧羊人》《十四行：海和雪》《如果能够终老天鹅湖畔》 ｜ 《诗歌月刊》2002 年第 8 期

2005 年

诗歌 ｜ 《在万圣书园》 ｜ 《青年文学》2005 年第 24 期

2008 年

诗歌 ｜ 《阴柔的兔子最爱说话》《雪夜读〈搜神记〉》 ｜ 《诗选刊（下半月）》2008 年第 7 期

诗歌 ｜ 《这雨落下来》《微微》《芒果》《阴柔的兔子最爱说话》《雪夜读〈搜神记〉》 ｜ 《诗林》2008 年第 3 期

诗歌 | 《阴柔的兔子最爱说话》《雪夜读〈搜神记〉》| 《诗选刊（下半月）》2008 年第 7 期

2009 年

随笔 | 《我喜欢的十个诗人》| 《诗选刊（下半月）》2009 年第 10 期

诗歌 | 《我必须说出肉体》《夏日，静物》《鸽子——献给 K》《好事尽》《影子》 | 《诗林》2009 年第 6 期

2010 年

诗歌 | 《好事尽（组诗）》| 《星星诗刊（上半月刊）》2010 年第 3 期

2012 年

随笔 | 《"80 后"诗歌的精神倾向》| 《诗林》2012 年第 1 期

诗歌 | 《像巧珍一样生活（外一首）——献给路遥及其〈人生〉》| 《北京文学》2012 年第 8 期

诗集 | 《虚语》| 2012 年

2013 年

诗歌 | 《想起木匠惠特曼》| 《西部》2013 年第 3 期

随笔 | 《80 后，怎么办？》| 《今天》2013 年秋季号，总第 102 期

随笔 | 《希望我们可以找到那条路》| 《天涯》2013 年第 6 期

随笔 | 《骑者且赶路》| 《文学界》2013 年第 12 期

2014 年

随笔 | 《"80 后",怎么办?》| 《东吴学术》2014 年第 1 期

随笔 | 《以空击空》| 《诗刊》2014 年第 4 期

诗歌 | 《芦荟之约》| 《诗刊》2014 年第 4 期

诗歌 | 《你看到的鹿》| 《西部》2014 年第 6 期

诗歌 | 《十八岁出门远行》《中学时代》《如梦令》| 《人民文学》2014 年第 6 期

诗歌 | 《与祖国书》| 《诗刊》2014 年第 24 期

2015 年

随笔 | 《八零后,怎么办?》| 《十月》2015 年第 2 期

随笔 | 《要怎样去佛罗伦萨》| 《天涯》2015 年第 4 期

诗集 | 《趁这个世界还没有彻底变形》| 漓江出版社 | 2015 年 9 月

随笔 | 《像诗歌一样生活》| 《诗刊》2015 年第 23 期

随笔 | 《全媒体时代的写作与批评》| 《中国艺术报》12 月 11 日

2016 年

组诗 | 《趁这个世界还没有彻底变形》(《春夜独饮不醉》《姨》)| 《中国诗歌》2016 年第 1 期

诗歌 | 《辜负灵魂很久了》《看见一棵树很后悔》《春夜独饮不醉》《我在所有的事情中都找不到存在感》| 《天涯》2016 年第 4 期

诗歌 | 《我在海南然而并没有看到海》| 《椰城》2016 年 5 月

诗集 | 《这些年,在人间》| 黄山书社 | 2016 年 6 月

诗歌 | 《我在海南然而并没有看到海》| 《诗刊》2016 年第 16 期

随笔 ｜《通向真实的世界》｜《三联生活周刊》2016 年第 28 期

诗集 ｜《我选择哭泣和爱你》｜ 北京十月文艺出版社 ｜ 2016 年 10 月

2017 年

随笔 ｜《让鲁迅向未来敞开》｜《读书》2017 年第 1 期

诗歌 ｜《春夜独饮不醉》《贝壳》《雨雪天登黄鹤楼》《我走进人间的烟火》《逆水寒第一》《逆水寒第二》《他说野蛮人的号叫夜夜难忘》《逆水寒第三》《于是哭起来》《看见一棵树很后悔》《我选择哭泣和爱你》｜《大家》2017 年第 1 期

诗歌 《春夜独饮不醉》｜《文学教育》2017 年第 7 期 ｜《青春》2017 年第 3 期

随笔 ｜《美国的五个镜头》｜《天涯》2017 年第 3 期

诗歌 ｜《青岛截句五首》｜《青岛文学》2017 年第 5 期

诗歌 ｜《当我不能爱的时候》《敦煌截句》《九月的第一首情诗》《我现在是落叶和风》《一株从梦中递来的罂粟花》《旗手在远途》《时代病》《她说活着就是让人后悔》《我特意改签机票回北京等下雪》《我从来没有给母亲写过信》《请把我藏于甜芒之心》《我本来以为这就是我的一生》《清平调 2017》《青岛截句》《还是给她发条晚安的微信吧》｜《诗林》2017 年第 5 期

随笔 ｜《我的文学观》｜《当代作家评论》2017 年第 4 期

组诗 ｜《给母亲的一封信》（《给母亲的一封信》《还是给她发条晚安的微信吧》《辜负灵魂很久了》《于是哭起来》《看见一棵树很后悔》《我选择哭泣和爱你》《春夜独饮不醉》《我在所有事情中都找不到存在感》）｜《安徽文学》2017 年第 11 期

诗歌 ｜《当我不能爱的时候》｜《诗刊》2017 年第 24 期

2018 年

随笔 ｜《南国之南，赤坎赤坎》｜《青年文学》2018 年第 1 期

诗歌 ｜《春夜独饮不醉》《辜负灵魂很久了》《我在所有事情中都找不到存在感》《我知道时日不多》《四月，早安》《我走进人间的烟火》《趁这世界还没有彻

底变形》《我所能寄望的》 | 《诗林》2018 年第 3 期

随笔集 | 《不老的传说和哲学》 | 江苏凤凰文艺出版社 | 2018 年 4 月

诗歌 | 《敦煌截句 6 首》《鼓浪屿截句》《我现在是落叶和风》《给母亲的一封信》《伟大的结局》《不变的信仰》《世界等于零》 | 《广州文艺》2018 年第 5 期

诗歌 | 《我想拥有一杆长筒猎枪》 | 《解放军文艺》2018 年第 5 期

诗歌 | 《不同饮一江水也很久很久了》 | 《视野》2018 年第 11 期

组诗 《假装有很多人在想念你》（《当我不能爱的时候》《时代病》《我现在是落叶和风》《假装有很多人在想念你》《我特意改签机票回北京等下雪》） | 《北京文学》2018 年第 7 期

组诗 | 《思无邪》（《当我不能爱的时候》《我现在是落叶和风》《请把我藏于甜芒之心》《我本来以为这就是我的一生》《给母亲的一封信》《一些花朵的碎片无助地挂在枝头》《思无邪》《鼓浪屿截句》《世界等于零》） | 《扬子江诗刊》2018 年第 4 期

诗集 | 《所有未来的倒影》（与戴潍娜、严彬合著） | 广西师范大学出版社 | 2018 年 9 月

诗歌 | 《思无邪》 | 《诗刊》2018 年第 24 期

2019 年

随笔 | 《九十年代断代》《鲤·我去二〇〇〇年》 | 民主与建设出版社 | 2019 年 11 月

诗歌 | 《看〈流浪地球〉遇大雪有感》《远征》《所有的事物都还在》《这里是华沙》《我回来看一眼就走》《清明节我在北京》《重瞳》《我来迟了》《爱在卢布尔雅那》《我如果打马过西山》《做一个归乡的梦然后哭了》《回延安记》《壶口墓志铭》《荷的时代性》《荷祭》《我只会给你一个冬天》《预言 1999》《我们各有所属》《预言 2019》《歧途》 | 《作品》2019 年第 11 期

诗歌 | 《伟大的结局》 | 《诗潮》2019 年第 12 期

2020 年

随笔 ｜《从零到零的诗歌曲线》｜《青年文学》2020 年第 1 期

随笔 ｜《读书是为了更好地和自己相处》｜《新阅读》2020 年第 1 期

诗歌 ｜《清明节我在北京》《爱在卢布尔雅那》《做一个归乡的梦然后哭了》《壶口墓志铭》《荷的时代性》《荷祭》｜《星火》2020 年第 1 期

诗歌 ｜《我反复点燃雪》《我们各有所属》《歧途》《所有的事物都还在》《我回来看一眼就走》《那时候我也经常难过》《爱在卢布尔雅那》《饮冰第十一》《饮冰第十二》《现代聊斋志》｜《青年文学》2020 年第 1 期

诗歌 ｜《给一个没有名字的雪人》《我唯一确定的》《少年 Chey 的平常之旅》《杧果认识论》《水的认识论》《夜宿英德九州驿站遇雨》《望梵净山不登有感》｜《红豆》2020 年第 2 期

诗歌 ｜《饮冰第二》《饮冰第五》《我拥有的》《久违了》《给你我的心去活》《树下》《做一个归乡的梦然后哭了》《清明节我在北京》《我在西夏数羊》《远征》｜《人民文学》2020 年第 4 期

随笔 ｜《新冠疫情会一定程度上影响人性的结构》｜《中国新闻周刊》2020 年第 15 期

随笔 ｜《"黄金时代"备忘录》｜《天涯》2020 年第 3 期

随笔 ｜《黄锦树的汉语密码》｜《中国新闻周刊》2020 年第 28 期

诗歌 ｜《给你我的心去活》《姐姐》《饮冰第一》《人间有多少路》《对她说》《七月六日》《我们可以反复构造彼此了》《你觉得能留住什么》《失去》《想不起来是谁》｜《诗刊》2020 年第 15 期

随笔 ｜《AI 是新人吗？——一个人文主义者的 AI 想象》｜《长江文艺》2020 年第 19 期

2021 年

诗歌 ｜《天鹅湖的量子抒情》｜《诗刊》2021 年第 2 期

随笔 ｜《关于平凡的哲学思考》｜《中国新闻周刊》2021 年第 6 期

组诗 ｜《如何在春天不让自己平庸》｜《大家》2021 年第 3 期

诗集 ｜《世界等于零》｜ 上海文艺出版社 ｜ 2021 年 9 月

随笔 ｜《如何克服"语言的腐败"》｜《中国新闻周刊》2021 年第 37 期

随笔 ｜《我们为什么需要诗歌？》｜《中国新闻周刊》2021 年第 47 期

2022 年

随笔 ｜《信元宇宙，何所得？》｜《天涯》2022 年第 3 期

诗歌 ｜《想象的一天》《你觉得能留住什么》《苦夏》《当我不是你》《我反复点燃雪》等 ｜《诗选刊》2022 年第 7 期

随笔 ｜《如何克服"语言的腐败"？》｜《新文学评论》2022 年第 3 期

随笔 ｜《以现实为根底，以生活为源泉，以人民为本位》｜《文艺报》11 月 21 日

2023 年

随笔 ｜《一生痴绝徽州梦》｜《文艺报》4 月 19 日

二、学术创作年表

2004 年

论文 ｜《对声音的追求：由胡适和新格律派谈起》｜《北京大学研究生学志》2004 年第 3 期

2007 年

论文 ｜《〈尚义街六号〉的意识形态》｜《海南师范学院学报（社会科学版）》

2007 年第 1 期

论文 ｜ 《"选本"对"第三代诗歌"的不同诗学态度》｜《江汉大学学报（人文科学版）》2007 年第 2 期

论文 ｜ 《"读者"与"新小说"之发生——以〈上海文学〉（一九八五年）为中心》｜《当代作家评论》2007 年第 4 期

论文 ｜ 《路遥的自我意识和写作姿态——兼及 1985 年前后"文学场"的历史分析》｜《南方文坛》2007 年第 6 期

论文 ｜ 《"主体论"与"新时期文学"的建构》｜《当代文坛》2007 年第 6 期

2008 年

论文 ｜ 《审美原则、叙事体式和文学史的"权力"——再谈"重写文学史"》｜《文艺研究》2008 年第 4 期

论文 ｜ 《论〈一个冬天的童话〉——"冲突"的转换和"自我"的重建》｜《文艺争鸣》2008 年第 4 期

论文 ｜ 《"对话"和"复调"的文学史——读程光炜、刘勇、吴晓东、孔庆东、郜元宝著〈中国现代文学史〉（第二版）》｜《中国现代文学研究丛刊》2008 年第 4 期

论文 ｜ 《作为"去魅"的文学批评》｜《南方文坛》2008 年第 5 期

论文 ｜ 《〈新小说在 1985 年〉中的小说观念》｜《南方文坛》2008 年第 4 期

论文 ｜ 《文学史视野中的劳马小说创作——以〈抹布〉〈傻笑〉为研究中心》｜《西部》2008 年第 15 期

论文 ｜ 《〈新星〉与"体制内"改革叙事——兼及对"改革文学"的反思》｜《南方文坛》2008 年第 5 期

2009 年

论文 ｜ 《如何理解"1980 年代文学"》｜《文艺争鸣》2009 年第 2 期

论文 | 《如何理解 "重写文学史" 的 "历史性"》 | 《文艺争鸣》2009 年第 5 期

论文 | 《中国现代文学史编撰中的 "史与论" 问题》 | 《渤海大学学报（哲学社会科学版）》2009 年第 5 期

论文 | 《80 年代："历史化" 视野中的文学史问题》 | 《文艺争鸣》2009 年第 11 期

论文 | 《"孤独" 的社会学和病理学——张悦然的〈好事近〉及 "80 后" 的美学取向》 | 《南方文坛》2009 年第 6 期

论文 | 《韩少功的文化焦虑和文化宿命——以〈山南水北〉为讨论起点》 | 《扬子江评论》2009 年第 6 期

2010 年

论文 | 《"80 年代文学研究" 的方法论意义》 | 《文艺争鸣》2010 年第 1 期

论文 | 《在 "大历史" 中建构 "文学史"——关于 "重返八十年代文学"》 | 《文艺研究》2010 年第 2 期

评论 | 《建立根本的评价标准》 | 《北京文学》2010 年第 5 期

论文 | 《新世纪诗歌写作的几个问题——我看 "新世纪诗歌十年"》 | 《文艺争鸣》2010 年第 11 期

论文 | 《上海与 "重写文学史" 之发生》 | 《现代中文学刊》2010 年第 3 期

论文 | 《"整体观"：建构与反思》 | 《当代作家评论》2010 年第 4 期

论文 | 《"二十世纪中国文学" 和 "现代化" 文学史叙事》 | 《上海文学》2010 年第 8 期

论文 | 《现实主义的 "变" 与 "不变"——读劳马的〈哎嗨哟〉》 | 《当代作家评论》2010 年第 6 期

2011 年

论文 | 《"潘晓讨论"：社会问题与文学叙事——兼及 "文学" 与 "社会" 的历

史性勾连》 | 《南方文坛》2011 年第 1 期

论文 | 《妥协的结局和解放的难度——重读〈人生〉》 | 《南方文坛》2011 年第 2 期

评论 | 《批评的"写什么"与"怎么写"》 | 《文艺报》3 月 16 日

论文 | 《历史书写的困境和可能——〈古炉〉三人谈》（与杨晓帆、陈华积合作） | 《文艺争鸣》2011 年第 7 期

著作 | 《"重写"的限度："重写文学史"的想象和实践》 | 北京大学出版社 | 2011 年 6 月

论文 | 《"新潮批评"与"重写文学史"观念之确立》 | 《中国现代文学研究丛刊》2011 年第 6 期

论文 | 《"80 后"写作与"中国梦"（上）——"我们时代的文学想象与文学生产"之一》（与金理、黄平合作） | 《上海文学》2011 年第 6 期

论文 | 《"80 后"写作与"中国梦"（下）——"我们时代的文学想象与文学生产"之一》（与金理、黄平合作） | 《上海文学》2011 年第 7 期

论文 | 《读〈女同志〉》 | 《当代作家评论》2011 年第 4 期

论文 | 《抵抗的"假面"——关于韩寒的一些思考》 | 《东吴学术》2011 年第 3 期

评论 | 《独立、坦率、理解的批评》 | 《文艺报》9 月 19 日

评论 | 《回到现场的精神角力——"80 后诗歌"的精神倾向》 | 《文艺报》10 月 26 日

论文 | 《"80 年代"不仅"作为方法"——程光炜的文学史哲学》 | 《文艺争鸣》2011 年第 18 期

2012 年

论文 | 《以文学为志业——80 后学者三人谈（之一）》（与金理、黄平合作） | 《南方文坛》2012 年第 1 期

论文 | 《"二十一世纪的先锋派"——蒋一谈短篇小说三人谈》（与刘涛、徐刚合

作）|《当代作家评论》2012 年第 1 期

论文 |《重返小说写作的 "历史现场"》|《上海文学》2012 年第 2 期

论文 |《小屋的恐惧和救赎——〈山上的小屋〉中的历史讲述》|《当代作家评论》2012 年第 2 期

论文 |《新世纪以来的历史想象和书写——80 后学者三人谈（之二）》（与金理、黄平合作）|《南方文坛》2012 年第 2 期

论文 |《改革时代：文学与社会的互动——80 后学者三人谈（之三）》（与金理、黄平合作）|《南方文坛》2012 年第 3 期

论文 |《反思社会主义文学——80 后学者三人谈（之四）》（与金理、黄平合作）|《南方文坛》2012 年第 4 期

论文 |《现代文学研究的历史性和当下性——80 后学者三人谈（之五）》（与金理、黄平合作）|《南方文坛》2012 年第 5 期

论文 |《阅读路遥：经验和差异》|《南方文坛》2012 年第 5 期

论文 |《在自然和肉身之间——关于李少君的诗歌》|《当代作家评论》2012 年第 6 期

论文 |《男人们，请不要再打扰女人——细读蒋一谈的〈栖〉》|《文艺争鸣》2012 年第 12 期

2013 年

论文 |《死去了的小资时代——读〈《波动》序言〉》|《南方文坛》2013 年第 1 期

论文 |《当代小资产阶级的历史意识和主体想象——从张悦然的〈家〉说开去》|《文学评论》2013 年第 2 期

评论 |《日常书写的直接性》|《文艺报》4 月 19 日

著作 |《分裂的想象》| 北京大学出版社 | 2013 年 6 月

评论 |《什么是好的批评》|《文艺报》6 月 21 日

论文 | 《寻找历史的缝隙——关于 "人文精神讨论" 的述评与思考》 | 《中国人民大学学报》 2013 年第 4 期

论文 | 《"在天空中凝结成一个全体" ——〈凤凰〉的风景发现和历史辩证法》 | 《南方文坛》 2013 年第 4 期

论文 | 《历史重建及历史叙事的困境——基于〈天香〉〈古炉〉〈四书〉的观察》 | 《文艺研究》 2013 年第 8 期

评论 | 《读徐小斌的短篇小说》 | 《芒种》 2013 年第 15 期

评论 | 《写复杂的中篇》 | 《长江文艺》 2013 年第 8 期

评论 | 《"蒋一谈式" 短篇小说》 | 《山花》 2013 年第 17 期

论文 | 《小说即 "往生" ——读蔡东》 | 《文艺争鸣》 2013 年第 11 期

论著 | 《现场的角力》 | 云南人民出版社 | 2013 年 11 月

2014 年

论文 | 《出梁庄，见中国》 | 《当代作家评论》 2014 年第 1 期

评论 | 《从成长中解放》 | 《大家》 2014 年第 1 期

评论 | 《什么是好的批评》 | 《大家》 2014 年第 2 期

论文 | 《无法命名的 "个人" ——由〈隐身衣〉兼及 "小资产阶级" 问题》 | 《文学评论》 2014 年第 2 期

评论 | 《读〈天鹅〉，论爱情》 | 《文艺报》 3 月 21 日

评论 | 《别逃了，活下去——读孟小书的小说》 | 《西湖》 2014 年第 4 期

评论 | 《故事尽头》 | 《山花》 2014 年第 7 期

评论 | 《文坛及时雨——房伟印象》 | 《当代小说》 2014 年第 7 期

论文 | 《活在历史之中——读孙郁〈革命时代士大夫：汪曾祺闲录〉》 | 《文艺研究》 2014 年第 8 期

评论 | 《去掉 "一座城" 的伪装》 | 《人民日报》 8 月 5 日

评论 ｜ 《以艺术之假写历史之真》 ｜ 《北京青年报》 8 月 19 日

评论 ｜ 《轻的或重的——评徐则臣短篇小说〈如果大雪封门〉》 ｜ 《文艺报》 9 月 17 日

评论 ｜ 《从小资产阶级梦中惊醒》 ｜ 《文艺报》 10 月 17 日

论文 ｜ 《"辩证的抵抗"——由胡淑雯兼及一种美学反思》 ｜ 《南方文坛》 2014 年第 6 期

2015 年

评论 ｜ 《70 后，不再面目模糊》 ｜ 《人民日报》 1 月 9 日

评论 ｜ 《余秀华：独自面对命运》 ｜ 《北京青年报》 1 月 20 日

评论 ｜ 《小说，创造一种新的可能》 ｜ 《文艺报》 1 月 28 日

评论 ｜ 《小说，创造一种新的可能》 ｜ 《南方都市报》 4 月 5 日

评论 ｜ 《〈平凡的世界〉：个人与社会进步》 ｜ 《文艺报》 4 月 10 日

评论 ｜ 《文学批评的文化责任》 ｜ 《文艺报》 4 月 17 日

论文 ｜ 《重启一种"对话式"的诗歌写作》 ｜ 《诗刊》 2015 年第 7 期

论文 ｜ 《阿三考——由〈我爱比尔〉兼及王安忆的写作症候》 ｜ 《文艺研究》 2015 年第 4 期

论文 ｜ 《世纪的"野兽"——由邓一光兼及一种新城市文学》 ｜ 《文学评论》 2015 年第 3 期

论文 ｜ 《注释的审判——宁肯的〈三个三重奏〉》 ｜ 《当代作家评论》 2015 年第 3 期

评论 ｜ 《重建记忆的地理写作》 ｜ 《北京晚报》 5 月 19 日

著作 ｜ 《80 后，怎么办？》 ｜ 北京十月文艺出版社 ｜ 2015 年 6 月

论文 ｜ 《社会互动和文学想象——路遥的"方法"》 ｜ 《南方文坛》 2015 年第 4 期

评论 ｜ 《读伤心的故事别伤心》 ｜ 《华西都市报》 7 月 5 日

评论 | 《重新发现内心的禅意写作》 | 《新民周刊》2015年第31期

论文 | 《主动篡改与自我处刑》 | 《南方文坛》2015年第6期

评论 | 《"80后"写作者须关注现实》 | 《长江日报》11月17日

评论 | 《文体与意境——从蒋一谈〈截句〉谈起》 | 《文艺报》12月28日

2016年

论文 | 《"第三代诗歌"：命名与建构》 | 《东吴学术》2016年第1期

评论 | 《历史虚无主义的华丽上演》 | 《长江文艺》2016年第1期

著作 | 《以文学为志业："80后学人"三人谈》（与金理、黄平合著）| 广西师范大学出版社 | 2016年1月

评论 | 《活得像蚂蚁，也能感动人》 | 《北京青年报》4月19日

评论 | 《文化更新的秘密》 | 《文艺报》5月11日

评论 | 《"80后"与我们这个时代——在深圳"市民文化大讲堂"的演讲》 | 《西部》2016年第5期

评论 | 《雪漠"故乡三部曲"：西部写作的文化自主性》 | 《文艺报》6月3日

评论 | 《商震诗集〈半张脸〉：诗歌的分身术》 | 《文艺报》8月3日

评论 | 《冯唐的真身》 | 《北京青年报》8月5日

评论 | 《80后的历史溯源——评长篇小说〈茧〉》 | 《光明日报》8月29日

评论 | 《聚拢微火之光——读〈持微火者——当代文学的二十五张面孔〉》 | 《人民日报》9月13日

评论 | 《80年代以来"现代主义写作"的蜕变》 | 《文学报》9月22日

评论 | 《路遥何以耐读》 | 《新华日报》9月29日

评论 | 《那迟到者必将领先——序朱涛诗集〈半轮黄日〉》 | 《名作欣赏》2016年第28期

论文 | 《"现代主义写作"的蜕变——"重建一种新的文学"系列之一》 | 《山

花》2016 年第 18 期

论文 | 《罪与爱与一切历史的幽灵又重现了——由张悦然的〈茧〉再谈 80 后一代》| 《南方文坛》2016 年第 6 期

2017 年

著作 | 《无法命名的个人》| 北岳文艺出版社 | 2017 年 1 月

论文 | 《从两个选本看"第三代诗歌"的经典化》| 《文艺研究》2017 年第 4 期

论文 | 《鲁敏的精神景深——〈荷尔蒙夜谈〉及其他》| 《名作欣赏》2017 第 5 期

论文 | 《巨人行走于时空或少年敬泽的青鸟之旅》| 《当代作家评论》2017 年第 3 期

评论 | 《是她在梦！是他在梦！——戴潍娜的诗与梦》| 《西湖》2017 年第 6 期

著作 | 《社会问题与文学想象——从 1980 年代到当下》| 上海文艺出版社 | 2017 年 7 月

评论 | 《今天还需要读安妮宝贝吗》| 《视野》2017 年第 20 期

论文 | 《以书写抵抗遗忘——〈连尔居〉〈已卯年雨雪〉读札》| 《当代作家评论》2017 年第 5 期

评论 | 《穿过爱的峡谷——读〈上东城晚宴〉》| 《青年报》9 月 24 日

论文 | 《从非虚构到科幻文学》| 《青年文学》2017 年第 10 期

评论 | 《〈月光花下的出离〉：从生活出发的丰富书写》| 《文艺报》10 月 23 日

论文 | 《"新伤痕时代"及其文化应对》| 《南方文坛》2017 年第 6 期

评论 | 《梁鸿长篇小说〈梁光正的光〉：追逐历史的背影》| 《文艺报》11 月 29 日

2018 年

评论 | 《自然即背景，诗歌即目的——读李少君〈我是有背景的人〉》| 《文汇报》1 月 8 日

评论 | 《"为她的伤口寻找新鲜的盐矿"——关于陆燕姜的诗歌》 | 《中国艺术报》1月24日

评论 | 《重建农村题材小说的总体性视野——从贺享雍的〈乡村志〉谈起》 | 《文艺报》3月23日

评论 | 《梁姗姗或一代人的精神史》 | 《青年报》4月11日

评论 | 《作为历史、现实和方法的科幻文学——"青·科幻"丛书序》 | 《文艺报》5月2日

评论 | 《"江水穿过窄门获得新的开阔"——关于张巧慧的诗歌》 | 《中国艺术报》5月7日

论文 | 《重建一种新的文学——对我国文学当下情况的几点思考》 | 《文艺争鸣》2018年第5期

评论 | 《〈阉割〉读札》 | 《北京文学》2018年第6期

论文 | 《中国故事的现代表达——王方晨〈老实街〉读札》 | 《文艺理论与批评》2018年第3期

评论 | 《文学重新焕发生机了吗？》 | 《文艺报》7月4日

评论 | 《"非虚构写作"能走多远？》 | 《文艺报》7月30日

论文 | 《简论青春文学与"青春性"》 | 《长江文艺》2018年第15期

论文 | 《小说与电影的互动生成》 | 《文艺争鸣》2018年第10期

评论 | 《"真史"自在民间》 | 《中国出版传媒商报》10月23日

论文 | 《最大的变革和最小的反应——由鲁敏〈奔月〉兼及其他》 | 《当代作家评论》2018年第6期

评论 | 《〈会饮记〉，或"李敬泽体"》 | 《文学报》12月20日

2019年

评论 | 《"新的文学"的当下性、历史意识与精神资源》 | 《安徽文学》2019年第3期

评论 | 《写作的"切身感"》 | 《西湖》2019 年第 4 期

论文 | 《与 AI 的角力——一份诗学和思想实验的提纲》 | 《南方文坛》2019 年第 3 期

论文 | 《陌上相逢谁家女——由〈陌上〉兼及"乡土叙事"》 | 《小说评论》2019 年第 3 期

论文 | 《无"解"之"解"——刘禾〈六个字母的解法〉的多重叙事》 | 《中国当代文学研究》2019 年第 3 期

评论 | 《城与人的传奇共生》 | 《文艺报》5 月 22 日

评论 | 《一份社会学和诗学的双重文本——关于谷禾的〈周庄传〉》 | 《作家》2019 年第 6 期

评论 | 《关于〈独自看守〉的几点观感》 | 《山西文学》2019 年第 9 期

评论 | 《科幻，怎么写下去》 | 《天涯》2019 年第 5 期

论文 | 《"先锋诗歌"的历史和问题》 | 《当代文坛》2019 年第 6 期

评论 | 《作为镜像和方法的"运河"》 | 《文艺报》10 月 14 日

论文 | 《AI 写的诗可以成为标准吗？》 | 《南方文坛》2019 年第 6 期

评论 | 《"叙事循环"与"变形圆周"——渡澜作品之"初见"》 | 《草原》2019 年第 11 期

论文 | 《民族志、人类学和"世界诗歌"——论吉狄马加》 | 《扬子江评论》2019 年第 6 期

论文 | 《对现代文学研究几个基本问题的理论思考》 | 《中国现代文学研究丛刊》2019 年第 12 期

评论 | 《想象两种历史性的汇合》 | 《文学港》2019 年第 12 期

评论 | 《局外人，或声音谱系的创制者——读林东林的几首诗》 | 《诗探索》2019 年第 7 期

2020 年

评论 | 《人工智能写作是一面镜子——由机器人小封诗集〈万物都相爱〉说开

去》｜《光明日报》1月15日

评论｜《他人即课堂——关于〈长夜〉》｜《安徽文学》2020年第2期

评论｜《重读〈老闺蜜〉》｜《长江文艺》2020年第4期

评论｜《欲望的虚拟形式》｜《文学报》4月30日

论文｜《21世纪青年写作的坐标系、历史觉醒与内在维度》｜《南方文坛》2020年第3期

评论｜《90后批评家在成长：樊迎春印象》｜《当代作家评论》2020年第3期

评论｜《划伤自己内心牢不可破的隐秘——关于见君的诗歌》｜《青年文学》2020年第5期

评论｜《互补性和间离——关于冯娜的〈无数灯火选中的夜〉》｜《文艺报》5月25日

评论｜《写法即活法——关于胡竹峰的散文》｜《上海文化》2020年第4期

评论｜《"我从你美丽姿容获得的"——耿雪的"总体艺术品"》｜《艺术评论》2020年第7期

论文｜《路遥的多元美学谱系——以〈人生〉为原点》｜《文学评论》2020年第5期

评论｜《用什么来建构我们的精神》｜《文艺报》9月18日

评论｜《行动的青年》｜《文学报》9月23日

论著｜《寻找文学的新可能》《文学的现场》《文学对话录》《局势中的文学》｜江苏文艺出版社｜2020年11月

2021年

评论｜《驶向远洋的潜水艇——陈春成印象》｜《文艺报》1月22日

评论｜《1990年代的"创伤史"和"浪漫史"——评房伟的〈血色莫扎特〉》｜《山西文学》2021年第3期

论文｜《史料学的文学史视野》｜《南方文坛》2021年第2期

评论 | 《〈文城〉的文化想象和历史曲线》| 《文学报》3月18日

论文 | 《新南方写作：主体、版图与汉语书写的主权》| 《南方文坛》2021年第3期

论文 | 《不断拓展的疆域——论邱华栋的小说写作》| 《扬子江文学评论》2021年第3期

论文 | 《"非虚构写作"的历史、当下与可能》| 《中国现代文学研究丛刊》2021年第7期

论文 | 《当代文学"史料研究"的现状及反思》（与韩欣桐合作）| 《中国人民大学学报》2021年第4期

评论 | 《"感伤的"和"讽刺的"——评陈巨飞的两篇新作》| 《西湖》2021年第8期

评论 | 《新时代 新文学 新坐标——总序 "新坐标书系"》| 《文学报》8月13日

评论 | 《生命之诗与大地之魂——评李修文〈诗来见我〉》| 《长江文艺》2021年第19期

评论 | 《创造内在于时代精神的政治抒情诗》| 《诗刊》2021年第19期

论文 | 《后科幻写作的可能——关于王威廉〈野未来〉》| 《南方文坛》2021年第6期

评论 | 《历史、未来以及漂泊的人们——〈粤港澳大湾区文学读本·散文卷〉序言（一）》（与李玉新合作）| 《粤海风》2021年第6期

著作 | 《新时代文学写作景观》| 上海文艺出版社 | 2021年12月

2022 年

论文 | 《在时间之中想象和书写——梁鸿鹰〈岁月的颗粒〉阅读手记》| 《中国当代文学研究》2022年第1期

论文 | 《让我们听听北纬40度的声音吧——关于陈福民〈北纬四十度〉的一则虚构体评论》| 《当代作家评论》2022年第2期

评论 | 《语言再造的关键性时刻》| 《文艺报》4月11日

评论 | 《作为文化小说的〈望江南〉》|《文艺报》4月25日

论文 | 《"新南方写作"和"间离化"的历史——以朱山坡近作为中心》|《扬子江文学评论》2022年第3期

论文 | 《"风的形状"和小说的形状——评程永新〈若只初见〉》|《小说评论》2022年第3期

评论 | 《〈子归城〉:"东西互动"中的历史书写》|《文艺报》6月29日

论文 | 《幸存者、当代性和文明的眼泪——欧阳江河长诗阅读札记》|《扬子江文学评论》2022年第4期

论文 | 《九十年代:记忆、建构与反思》|《中国现代文学研究丛刊》2022年第12期

论文 | 《再谈"新南方写作":地方性、语言和历史》|《广州文艺》2022年第12期

2023年

评论 | 《重建与寻根——评熊育群〈金墟〉》,《当代作家评论》2023年第2期

评论 | 《辞典一般的书写——评叶舟〈凉州十八拍〉》|《文学报》3月30日

论文 | 《从效率叙事到公平叙事——由〈钢的城〉兼论改革文学的新变》|《中国现代文学研究丛刊》2023年第4期

论文 | 《加速时代的"恒价物"》(与高翔合作)|《南方文坛》2023年第3期